U0049201

我喜歡
你的
奇奇怪怪

原來是柒公子——

著

我喜歡你，無論你多奇怪

有的時候我會有很多奇奇怪怪的想法和行為。

比如上學的時候，透過教室的窗戶看到外面的天空是藍色的，像極了大海的顏色。那一瞬間我在想：外面的世界是不是已經被大海淹沒了，趴在陽臺上會不會看到一群鯨魚？

又比如今天在回家的路上，突然想成為一隻偶爾撲搧翅膀的鴕鳥，這樣遇到事情我可以把頭埋進土裡，逃避所有煩心的事。

我經常從辦公室的窗子往外望，思考著人類在凝

視高樓的時候都在想什麼？這一格格規律的方寸之間，人類都在做什麼呢？

我喜歡在固定的時間，坐在公車的最後一排，看著窗外的風景和行人，耳機裡放著最喜歡的歌……這個習慣到底是什麼時候開始的呢？

大概是這幾年，每一次搬家的時候，我都會選擇離市區遠一點的地方。

特別是在夏天，坐著公車回家，路旁隔江望去的是一條依山而建的公路，還有一大片一大片顫動著的綠色。

我喜歡一邊吹著風一邊望著對面的青山，在與時間的相處裡，那些糟糕的不安的事情也就自然而然地消散了。

其實我並不喜歡大城市裡的車水馬龍、燈紅酒綠、人聲喧囂，一直都嚮往田園生活。當然，不是真的在農村種田，而是喜歡清靜，喜歡花草樹木，以及屬於自己的院子。

我還是會被炎熱的天氣擊敗，會被夜晚的蚊蟲弄得煩躁，更抵擋不住勞作的辛苦和繁華世界的吸引……所以，我沒有辦法像電影《小森林》裡的女主角

市子那樣甘於平淡生活。

市子為了研究戶外種植番茄的方法，要每天戴著草帽在陽光下一株一株、一片一片翻查菜葉，防止被蟲啃食。

等番茄長出來之後，脖子上掛著白毛巾的市子仰起滿頭大汗的額頭，大口咬著番茄。也是因為這個鏡頭，我每年夏天都會排除萬難的重溫一遍《小森林》。

我時常感覺自己和市子很像，又感覺番茄和自己很像。

蔬菜不是蔬菜，水果不是水果，一個基本上不太會有人討厭的奇怪存在。

但又很少有人會非常喜歡，不像櫻桃，也不像草莓。

我總是會幻想如果將來碰到一個喜歡我的人，希望他能夠在睡前和我聊天，聽我分享奇奇怪怪的想法，跟我一起暢想未來。

奇怪的是，我到現在還不清楚我到底要變成什麼樣子才會被人喜歡。

所以我努力想讓自己變得更有趣一點，覺得這樣就會吸引和我一樣奇奇怪怪且有趣的人。

但其實，大部分人聽過最多的話就是「你要變得更好看一點、你要更優秀一點、你要更腳踏實地一點……這樣才會有人喜歡你」，卻很少有人提醒你「你看啊，你真的好特別」、「你太有趣了吧」、「和你在一起真開心」、「我喜歡你，就是你現在的樣子」……

是啊，我喜歡你，無論現在你有多奇怪，我都接受。

就算你長痘痘，我也會喜歡你啊。就算你嫌棄自己胖，我還是覺得你很可愛啊。

每個人都是不同且獨特的，就像食物也有千千萬萬種。

只是你永遠不知道自己有多特別，但總有人喜歡你的奇奇怪怪。

PART **1** # 時光匆忙，別錯過天空和日落

PART 4

不要氣急敗壞了，再給自己一點時間

PART **5**
祝這世界繼續熱鬧，
祝我依然是我

時光匆忙，
別錯過天空和日落

別錯過天空和日落

　　昨天是春分，天氣格外好。

　　早上六點多，天已經很亮了。我發現南方的春天晚上很短，早上又很長。

　　我在早上天氣剛熱的時候踏上了去往城市另一端的車，車窗外的天空悄悄地變成了藍白藍白的。

　　有時候希望自己一直在路上，但久了發現，還是需要停下來，看一下身邊的人和事，看一看天空。

　　於是我中途下了車，躺在公園的草坪上，看著蔚藍的天空，白雲變換著形狀飄來飄去，突然有種拉過一床雲朵蓋在身上的衝動。

如果說風是春天的信差，昨天的天空就是一封淺藍色的情書了。想起大二時看的電影《戀空》中女主角美嘉用手機拍下那張飛機雲的情節。

男主角弘樹對美嘉說：「那就用手機拍下來吧，當作我們一起迎接早晨的紀念。」

所以，我想此時和我一樣抬頭仰望這一片天空的人，一定和我有著特別的緣分吧。

我有時候在想，天空明明空無一物，為什麼很多人總喜歡看著它發呆。後來發現，因為天空總給我一種開闊、開放、無限可能的感覺。

每次仰望天空，我總會收獲許多感動。

它那麼無邊無際，彷彿你所有的小情緒丟進這片寬廣裡，都會化作一縷清風飄走。它又是那麼變幻多姿，就像這個世界的神奇，等著我去體驗、去經歷、去感受。

有時我也會憂傷，會不會有可能下一秒隕石就撞擊地球，我們都要滅絕了，人類是多麼渺小……

所以身為億萬顆星星中的一顆，我要用力發光，才不枉費來地球一趟。

■ ■ ■

我很喜歡北島的那句詩：玻璃晴朗，橘子輝煌。

前幾天，一個人在辦公室加班，從曬不到陽光的大廈走出來，下意識抬頭看到了遠處的天空。

天空乾淨無瑕，陽光打到了我在的這幢樓，又反射到對面的大廈。大廈頓時像是被染色一般，天空如同玻璃般晴朗，陽光好像橘子般輝煌。

我一下就愣住了，大約有幾秒的出神，那種感覺就像獨自一人在現實的泥沼裡摸爬滾打許久。但突然發現有個地方，在那裡你所謂的現實煩惱不值一提。

生活就是這樣，會讓你嘗盡人世間各種味道。碰到美好的事，生活就是甜的，碰到不如意的事，生活就是苦的。

■ ■ ■

其實太陽是慢慢、慢慢地落山的。

小時候我喜歡和同伴們蹲在河邊玩扮家家酒，一玩就是一下午。

待到太陽慢慢落下去的時候，就會聽見各自的父母站在橋上大喊著我們的名字，催我們回去吃飯。

那時候我可不喜歡看見太陽落下來，在我心裡它意味著一天又要結束了，可我還沒有玩盡興呢。

有的季節太陽落得很快，剛到家轉身便發現天已

經黑了，我總有種被時間追著跑的感覺。當時我在想，太陽為什麼一定要落下來呢，要是能夠一直亮著該多好。

■ ■ ■

我很喜歡這間朝陽的老房子。

有時我坐在桌前專注工作，落日餘暉悄悄爬到了我的指尖上，然後我抬頭看看窗外的夕陽，倦意全無。

於是，我那記憶體不大的手機裡塞滿了落日的照片。

有的照片隱藏了我的心事，有的照片盛滿了我對一個人的想念，有的照片記錄了那天的心情。

偶爾我會伸出右手，企圖將一天中最溫柔的那一束光攬在手心，然後感謝自然的饋贈。

夜幕降臨，慵懶地在街上走過不知多少遍。

其實與其倉皇追趕日落，不如靜待滿天繁星。

■ ■ ■

一個人走，如同去年中秋隻身一人在古城那般。

散步回民宿的路上，抬頭看星星，我的訣竅是用手把視野範圍內的霓虹燈光遮擋起來，這樣有些弱小

光芒的星星才可以被肉眼看見。

　　那天，我一個人抬著頭看了好久的天空。

　　我想，要是某天到了西藏，我就在布達拉宮裡捧著酥油茶發呆半天。然後抬頭就能看見不一樣的藍天，悄悄說很多心願。

　　不過，我也沒有什麼心願，能夠看看天空就已經很好了。

　　時光很匆忙，別錯過天空和日落。

偶爾我會伸出右手，

企圖將一天中最溫柔的那一束光攢在手心。

時光很匆忙，別錯過天空和日落。

我想我的世界還是需要那麼一點任性的。

我知道這樣不對，但是我喜歡。

比如和所有人搶先這城市的夏天，要先吃那個甜甜的冰淇淋；比如明明有了感冒的預兆，還是忍不住喝了兩杯冰奶茶；比如其他人都以為你撐不下去的時候，我偏偏擠出了一個笑；比如明明知道和某個人沒什麼結果，還是忍不住接近……

再比如下雨天，故意不撐傘，雨水從額頭上滑下來掉到我的衣服和手臂上，迎著路燈的微光去踩反著亮的小水窪……

奇妙的是，手機裡重複播放著同一首歌，不會跳舞的我會揮舞著傘柄在黑夜裡瞎搖擺……

　　我很喜歡這種下雨天漫步的體驗，也喜歡躺在被窩裡聽雨的聲音，總之喜歡下雨天的一切。

　　自己到底從何時這麼癡迷雨天的呢？

　　我也迷迷糊糊，只是知道自己無數次的壞心情都能在雨天得以擺脫。

　　雨可以讓我靜下來，躲在只有自己的小宇宙，不用想那麼多，抱著陪我入睡的毛絨玩偶，對它說說滑稽的語言。

　　如果這時候再聽一首慢歌，就更有感覺了，腦子裡可以胡思亂想，想笑就笑，想哭就哭。

　　也可以開一會兒窗戶把潮濕的雨氣放進來，然後讀一本喜歡的書，就是一個完美的夜晚。

　　那日，讀張愛玲的《小團圓》，「寧願天天下雨，以為你是因為雨天而不來。」

　　讀到這，我合起了書，踱步到了窗邊，淅淅瀝瀝的，便是我魂牽夢縈的雨天。

　　我想這一切用一句話來形容我再合適不過了：雨天似一場暗戀，我一個人的兵荒馬亂。

曾經聽過一個英文單詞叫「Pluviophile」，中文翻譯是「雨癮者」。顧名思義，是愛雨之人的意思。

我查了一下，之所以會對雨上癮，主要是因為雨聲是白噪音。

白噪音的頻譜包含所有頻率分量且分布均勻，對其他頻譜分量會產生遮蔽的效果。也就是雨聲幫你阻隔了外界的干擾，所以你會覺得下雨的時候很踏實，做什麼事都很愜意。

海浪拍打岩石的聲音，風吹過樹葉的聲音都是白噪音，這些聲音都可以說是一種和諧的治療聲音，是一種會讓人上癮的聲音。

■ ■ ■

我第一次跟人坦露自己是一名雨癮者是在大學畢業後的第一年。

對象是前男友，只是電話聊天的時候雲淡風輕地跟他提了一句，我喜歡聽下雨的聲音。

後來有一天，我跟他說，今天下雨了。

他說：「你不是喜歡聽雨嗎？」

我才知道他真的有聽到心裡。

後來他去了國外繼續讀書，幾乎天天跟我說，今天外面又下雨了，很不舒服，鬼天氣。我竟然驚訝得

不得了，我很遺憾下雨沒有能夠給他帶去寧靜和歡樂感。

後來在一個下雨天我們分手了。

說實在的下雨真的很有好處，嘴巴扯起來，看不到眼淚，誰都會以為你是在笑。

有一天，我仔細分析了他為什麼會和我分手，我堅定地認為，是他在交往關係中沒有我努力。

他說，遠距離是一個非常重要的原因，另一個原因就是，兩個人的舒適區不一樣。現在想起來，對下雨截然不同的感受和態度，就是一個例證。

無論如何，在那之後我堅定地相信，聽雨是一個很私人的愛好，不能隨便讓別人知道了。

除非我先知道，他也喜歡下雨。

■ ■ ■

那天，雨下得很大。

我總是喜歡在雨下得很大的時候出門，因為這時候街上的人最少。

不知道是巧合還是其他原因，每次我看見他的時候，天都會下雨。

「他似乎格外喜歡下雨天。」我看著已經是第四次雨天出現在街對面書店門口的那個男孩想著。

現在的時間是 18：56，他撐著一把黑色的雨傘，獨自從書店慢慢走出來。

　　我曾觀察過這座城市的很多場雨，這還是第一次觀察雨中的人。

　　昏黃的路燈燈光打在他臉上，銀絲般的雨落了下來，滴在他的雨傘上，又折射出動人的光，倒是像今晚沒有出現的星星一樣撒在他的肩上。

　　雨漸漸地下得大了，他卻絲毫沒受影響的樣子。

　　忽而抬頭看著夜幕出神，微微揚起的側臉線條流暢，柔軟的光包裹著他玉一樣的臉龐，清冷卻溫和。忽而轉眸看著街上匆忙回家的行人，像是被雨水浸濕的黑瞳霧濛濛的，叫人琢磨不透他內心的想法。

　　後來他下雨天來的次數越來越多，我漸漸習慣了這個場景。

　　偶爾我還會捧著一杯熱牛奶，坐在書店靠近玻璃窗的位置，偷偷看他離開。

　　但他一次也沒有回頭看過我。

　　我們最接近的時候，是在同一片屋簷下躲雨，我跟他的距離只有二十公分的間隔。兩個人，沒有說話，不知道我們之間的沉默何時會打破，就像不知道這雨什麼時候會停。

就這樣沉默很久。

後來有朋友過來送傘，撐開傘的時候，我回頭望他：「要不要跟我一起走？」

其實問出這話的時候心裡是有答案的，只是不知為何還是想問。

意料之中，他謝絕了。

兩個人都扯著嘴角笑得很不自然，我只好和朋友撐著傘走進了雨中。

我無數次想起那晚我回頭看見那個為他撐傘的女孩，看著他倆並肩離去的背影，我才發現，原來我的心裡早就住進了一個人。

自此之後，我變成一個很小心的人。

不管天氣如何，每天出門我都會帶上一把傘。因為我永遠不知道什麼時候下雨，什麼時候天晴。

我一直相信能夠一起躲過雨的男女應該相戀。

現在我有了傘，當然不再有避雨的機會。

想念是一場大雨，失眠是恰好忘了帶傘。

我明明想說想你，卻在脫口而出的時候，說成外面下雨了。

想念是一場大雨，失眠是恰好忘了帶傘。

我明明想説想你，卻在脱口而出的時候，

説成外面下雨了。

心情不好的時候就去跑步吧

心情不好的時候就去跑步吧，三千公尺專治各種不爽，五千公尺專治各種內傷，跑完一公里，內心全是坦蕩與善良。

我拿著手機，看到這樣一則短影片，頓時覺得眼前一亮。

恰巧最近我又重新喜歡上了跑步。

之所以說是重新喜歡上，是因為我小時候就很喜歡跑步，還代表學校參加過區運動會。

不過後來因為學業和工作，漸漸就落下了。

這段時間又「重操舊業」，每天回家，都會花半小

時在跑步機上揮汗如雨。我很喜歡跑步時的狀態，一起一伏呼吸間節奏變化，小腿肌肉隱隱傳出酸痛……

比起蜷縮在電腦前敲敲打打，會恍然覺得自己渾身上下充滿能量，朝氣蓬勃。不必再去關心任何事情，只需專注於自己的腳步和汗水，那種目標明確、內心堅定的感覺，讓我覺得很踏實。

■ ■ ■

回想起來，我過往的這二十幾年，很多印象深刻的人和事，都是伴隨著奔跑的。

高三那年的下半學期，我經常在晚自習結束後一個人去操場跑步。

後來偶然遇到隔壁班一個男生，慢慢地開始一起跑步，每晚按時去操場成為我們心照不宣的約定。

我能感覺到彼此間朦朧的好感，但因為大學考試在即，大家都默契地沒有多說什麼。

只是在我體力不支的時候，他會拉起我的手，一邊跑一邊說：「就剩半圈了，加油啊。」

考試結束之後，他去了墨爾本，我則留在國內讀大學。臨別的時候，他送給我一雙 36.5 碼的慢跑鞋。

我記得曾經和他抱怨過自己的腳，總是買不到合

適的鞋子，36 碼嫌小，37 碼又嫌大。沒想到我無意中說的話，他竟然記在了心上。

連同那雙跑鞋在一起的，還有一封手寫的信。他說，希望這雙鞋子可以陪著你，跑去更遠的地方。

後來的日子裡，我們遠隔重洋，生活不再有交集。但是那雙鞋子和那封信，我一直保存了很久。被人在乎的感覺蠻好的，多年以後的我，每每看到那雙已經很舊的跑鞋，心裡也仍會覺得溫暖，捨不得丟掉它。

當我感覺很累，想要放棄的時候，回想起那些鼓勵的話，就覺得自己還可以再撐一下。

■ ■ ■

電影《重慶森林》裡，由金城武扮演的角色何志武說：「我失戀的時候要去跑步，因為跑步能夠把我體內多餘的水分蒸發掉，那樣比較不容易流淚。」

於是在二十五歲生日的清晨，他離開了單戀的女逃犯，在這個重大時刻去跑步。他的 call 機收到了對方的生日祝福，記憶雖然不會過期，至少那一刻的他是釋然的。

兩年前我也有過一段難熬的日子，遠距離戀愛的男

友劈腿，工作也遇到了一些麻煩，整個人厭世到不行。

於是我為自己定下「一百天跑步治癒計畫」，希望可以轉移注意力。

幸運的是，持續跑步一個月之後，我就恢復到元氣滿滿的狀態，並且換了一份新工作。

大概對我來說，跑步就是這樣一種有著非凡治癒力的運動吧。

一個人跑很遠的路，起風的時候覺得自己像一片落葉，無憂無慮地飄向遠方。而當你跑得夠遠，很多執念就會自動消散。畢竟這麼長的路都過來了，還有什麼難關過不去呢。

村上春樹在《關於跑步，我說的其實是……》中寫道：「啤酒誠然好喝，卻遠不似我在奔跑時，熱切嚮往的那般美妙。」

書裡記錄了他關於跑步的種種心路歷程，字字句句，像是在用奔跑告白整個世界。

村上春樹筆下的自己，是一個透過專注奔跑，一點一滴超越自我的奮鬥者，也是一個只能借助窮盡體力奔跑，才能排除內心重負的孤獨者。

印象最深的是他提出「跑者憂鬱（Runner's Blue）」的概念，意思是人在奔跑超過一定的里程後，身心會出

現疲憊感，導致厭跑情緒。

那種悵然若失的懈怠，和難以說清的倦意，就是跑者憂鬱。

那麼如何度過這樣的憂鬱期呢，村上春樹也在書裡給出了自己的答案。

他說自己只是默默地等，熬過那些不振的日子，等想跑的願望暗暗萌芽，直到某天清晨繫上慢跑鞋鞋帶的時候，重新聽見內心「微弱的胎動」。

縱觀整本書，這是最讓我觸動的一段文字。

我很能理解他說的憂鬱期，因為很多時候，我會實實在在地感覺到那低落而憂鬱的狀態。它不僅會出現在跑步的過程中，也會出現在生活裡。

■ ■ ■

我們的生活，充滿著壓力和焦慮，面對快節奏的一切，常常會有種無力感。像極了在跑過一段很遠的路之後的那種倦怠。

你可以看到前面還有很遠的路，也知道自己需要調整，但就是做不到。而這個時候，一個很好的辦法，就是給自己一段時間停下來認真思考，直到真正找回正確的節奏，再重新出發。

一個人跑步，看起來孤獨，卻也能成為情緒的出口。一旦跑起來，你與外界的關係就會變得很微妙。不需要和任何人交談，也沒有人會來找我說話，只是一個人獨處。

獨自奔跑的時候，我可以戴著耳機沉浸在音樂裡，可以調整姿態控制步速，也可以漫不經心地觀察周圍散步的人們，以及依偎的情侶……

同時，又可以凝視著周圍景物的變化，陽光微風，風吹草動，不需要刻意留心，卻能一一感知。

這種既封閉又開放的狀態，對我這種內向的人來說，非常減壓。

有一種說法是跑完步後的獨自散步是最孤獨的。對我來說，卻很享受。

此刻的頭腦和身體，比任何時候都更屬於我自己，可以思考很多平時不太會認真思考的問題。最重要的是，我能感覺到自己的心臟在強烈地跳動，證明我正生機勃勃地活著！

以前，我認為世界上最浪漫的事，是一個人走很遠的路去看另一個人。現在，我覺得世界上最浪漫的事，是一個人跑很遠的路，去做喜歡的事情。

你可以看到前面還有很遠的路，

也知道自己需要調整，

但就是做不到。

而這個時候，一個很好的辦法，

就是給自己一段時間停下來認真思考，

直到真正找回正確的節奏，

再重新出發。

你距離快樂只差三級臺階

　　週日在家做了很多事。換洗床單、被套，把被子抱去陽臺曬太陽。打掃房間，秉持著「斷捨離」的原則扔掉一直捨不得扔掉的東西。清空冰箱，看到最後幾粒冰糖，決定做一次紅燒肉。

　　汆燙、油鍋爆香、炒糖色……然後開小火慢燉。

　　看爐子冒出微小的火苗，我感覺自己過著簡陋版的《小森林》。

　　不誇張地說，這比躺在床上睡一天要放鬆得多。

■ ■ ■

很奇怪，明明忙碌了一個星期，我還是有股閒不下來的力氣。收拾完屋子，看著鍋裡的五花肉和湯汁一起「嘟嘟嘟」，我決定下樓去超市逛一逛。

我住在老式社區的六樓，沒有電梯，每天都要在一樓與六樓之間爬上爬下。眼看著馬上就能到一樓了，我心情愈發雀躍，不知怎的就一口氣跳下了三層臺階。

從六樓開始我都是一步一步走下來的，突然一躍就到了平坦的地面，整個人都有點茫然。

茫然的同時有些驚喜，像是收獲一種難得的快樂。

仔細想一想，上次跳下三層臺階大概還是上小學的時候吧！現在我好像沒有以前快樂了。

工作以後，我總是習慣一步跨兩層臺階。為了趕時間，甚至要一下子跨三層。換乘地鐵的時候，發覺身旁的人總是腳步匆匆，我也不由自主地加快了腳步。

等不到電梯的時候，我總是急急忙忙地拉開樓梯間的安全門，三步併作兩步在樓梯上與時間賽跑。

所以每當趕上車或者壓線打卡的時候，我總會在心裡感嘆「今天還算幸運」。

幸運了，然後？這種短小的幸運感很快就在我拉出辦公室座位前的椅子後消失。隨即投入一整天的工

作當中。

■ ■ ■

到了下班的時間，像是得到一種解脫。彷彿終於被允許呼吸新鮮空氣。

從公司到最近的地鐵站有一段說長不長，說短也不短的路。走在路上，偶爾會看見列車在旁邊的軌道上呼嘯而過。

我非常喜歡那種感覺，可以說是我一天當中的又一份幸運感。

如果不出意外的話，往前走還會遇見賣小吃的攤子。

在這待了很久，我發現通常只有賣炸熱狗、關東煮、涼麵的三家小攤。我也無一例外地全都光顧過。

從公司到地鐵站的路上，我會花很多時間。看看風景，或者買買東西，或者想些想不明白的問題。我很願意把時間花費在這上面。

有次站在攤前等著老闆娘遞給我熱呼呼的關東煮，有個男生衝了過來，險些害得我的臉砸進滿是竹籤的鍋裡。

我很氣憤，想對他破口大罵，但他早就跑得不見

蹤影。

有必要那麼趕時間嗎？

我很想問他。

後來，我又經常用這句話來問自己。

可惜，我給出的答案大多都是「有必要」。

■ ■ ■

下班的交通尖峰時間，地鐵班次間隔沒有早上的短，經常要等個五六分鐘。當我著急趕到地鐵站發現還要等上好幾分鐘時，卻又很不開心。好像太過重複的生活讓我覺得將時間用在等待上是一種浪費。

這班地鐵晚了就會影響我趕下一班，這樣到家就更晚了，沒時間做飯了……

當我將這些情緒告知男朋友時，他說：「其實有感覺你最近壓力很大喔。」

成年人的很多壓力大概都在「趕時間」上。

理想、事業、感情、家庭、時間自由、身體健康、人際關係讓你無法兼顧，你想要的東西太多，而你能分配的時間又太少。

每次約朋友出去吃飯，她都說工作很忙，擠不出時間。據我所知，她的生活也真的是圍繞著公司到出

租屋的兩點一線，今天忙這個項目，明天忙另一個專案。

而我也並非看起來那麼悠閒，坐在地鐵上趕稿子是常有的事。

我永遠都在趕時間，永遠都覺得時間不夠用，著急地想要解決所有問題，著急得到一個結果。

■ ■ ■

看過一本書叫《允許自己虛度時光》，其中有一篇文章〈靈魂要活在童話裡〉，很受用。

我慢慢明白了我為什麼不快樂，因為我總是期待一個結果。

看一本書期待它馬上讓我有所頓悟，吃飯游泳期待它立刻讓我瘦下來好幾公斤，發一則簡訊期待它被回覆，寫一個故事說一個心情期待它被關注、被安慰，參加一個活動期待換來充實豐富的經歷。

這些預設的期待如果實現了，長舒一口氣。

如果沒實現呢？自怨自艾。

可是小時候也是同一個我，用一個下午的時間看螞蟻搬家，等石頭開花，小時候不期待結果，小時候哭笑都不打折。

是啊，小時候的快樂總是那麼簡單，陽光、草地和

一群同伴，就夠了。

但快樂在長大中慢慢褪色。

我時常看到有很多在大城市奮鬥的人受挫後產生
「回家工作」的想法。他們把回家工作當成一種妥協，
認為回去後擁有的起碼是不那麼辛苦的生活。

而我在想，回去後之所以沒那麼辛苦主要是因為
自己可以有效地抓住時間了吧。上下班不用擠地鐵，
騎著車十幾分鐘就能到家，到家後就能立刻享用飯桌
上香噴噴的飯菜。吃過晚飯還能出去散散步，隨手拍
一張夕陽上傳SNS。

只要你不趕時間，回家就是一部沒有濾鏡的《小森
林》。

所以快樂其實又很容易，要允許自己虛度一些時
光，做些取悅自己、不求回報的小事，小快樂累積多
了，就是一種大幸福。

■ ■ ■

最後。昨天跳臺階的快感讓我異常興奮，於是我
在SNS上搜尋相關關鍵字，想看看有沒有人和我一
樣。結果看到這樣一句話：「小孩只需要跳三層臺階就
能獲得快樂，成年人要跳八樓。」

我隨手將這句話複製給正在聊天的閨蜜，她立刻回覆道：「哈哈哈哈哈，沒錯！！！！」

那四個驚嘆號好像也讓我感受到了她最近的壓力。

其實，那句話蠻誇張的。

不快樂的時候啊，跳三層臺階試試吧。害怕的話，就兩層。就像小時候那樣。也許，你就能聽見心中石頭落地的聲音了。

這個世界上過得好的人，都是懂得滿足，懂得自己讓自己快樂的人。

我慢慢明白了我為什麼不快樂，

因為我總是期待一個結果。

今天和媽媽視訊通話，得知奶奶這兩天感冒了。

我心頭一緊，趕忙問她最近有沒有出門去哪裡，媽媽說不要緊，不是肺炎，只是普通的著涼感冒。

奶奶今年八十歲，身體本來就不太好，在這個節骨眼上感冒，家人都很緊張。

我還是提醒媽媽，每天都要記得量體溫，然後在家也戴口罩，因為感冒也可能傳染。

關掉視訊，我一邊覺得自己太過敏感，一邊又擔心奶奶會出現什麼萬一。

這段時間，大概很多人都和我一樣，整個人的神

經都緊繃著。

因為疫情，很多人的生活都受到了影響，當生理上的緊張延伸到精神上，焦慮、失落、迷茫這些負面情緒就成了生活的常態。

■ ■ ■

疫情暴發期間，每天醒來我都會接收到不同的負面資訊。

而營造出這種緊張氛圍的，除了電視上的新聞報導，還有發生在身邊的點點滴滴。

不久前，我所在的社區發通知實施封閉式管理，所有人員出入，必須進行登記和體溫測量。

因為要對非本社區的人員進行管控，網購買的東西，必須自己到規定的存放點拿取。下午我出門去取團購的蔬菜，到社區門口的時候，戴著口罩的人群已經排起了長隊。

排隊領取食物，這個從前只會出現在電影裡的畫面，如今真實地發生我身邊，如果不是親身經歷，我都不相信這是真的。

事實上，我所經歷的，只不過是特殊時期下生活裡的一點點不方便。遠在另一座城市，幾百萬人此刻正經受著比這嚴峻百倍的日常。

早上，我在SNS上看到「追殯葬車呼喊媽媽的女孩隔離」的新聞片段。女孩也是二十來歲的年齡，媽媽因為感染搶救無效去世，殯葬車遠去，她跟在後面不停地喊著媽媽媽媽。

就像人們常說的那句話，你永遠也不知道明天和意外哪個先來。

一兩個月前多天前，都還是好好的活生生的人，有著各自平凡而珍貴的一生。

如今，因為一場突如其來的疫情，很多人再也回不到從前的生活了。

■ ■ ■

北野武說過：「災難並不是死了兩萬人這樣一件事，而是死了一個人這樣一件事，發生了兩萬次。」

看影片的時候，我不禁想到死亡率的報導，每一個數字背後，都是一個支離破碎的家庭。

身為一個寫字的人，我一直都想把美好的東西分享給大家，卻又在很多時候，發現自己的力量是那麼渺小。

就像現在，我坐在窗前，瀏覽著網頁上的各種資訊，看著玻璃窗外黑漆漆的夜空。內心深處有一股氣鬱結著，像是口渴了沒有水喝。

我知道自己應該樂觀一些，我也知道再過不久，這場疫情終究會結束，城市也會慢慢恢復如常。

　　但它注定會在人們的記憶裡留下深深烙印，甚至是傷痕。

　　疫情過後，需要治癒的不僅是城市，還有人心。很多人，可能在往後的餘生中，都無法再快樂地慶祝一個新年了。

■ ■ ■

　　二○二○年，本以為會是充滿希望的一年，沒想到竟然這麼難。

　　記得去年看《樂隊的夏天》，有一集節目，盤尼西林唱了朴樹《我去二○○○》專輯裡的一首歌〈New Boy〉。

　　張亞東聽完後，哽咽著說：「當年大家都是小孩，而且覺得二○○○年要來了，那時候我們寫的歌叫〈我去二○○○〉。大家對二○○○年都有很多期待，覺得一切都會變得很好，結果，好吧，就是我們都老了。」

　　這段時間想起這些話，忽然覺得感同身受。

　　關於二○二○，我們又何嘗不是有過很多美好的期待呢。只是當這一年真正到來的時候，取代滿滿期待的，卻是深深的失望和無力感。

十七年前的SARS發生的時候，我還很小，也不懂事，只模糊地記得那時大家都戴著口罩上學。而這場疫情，讓我認識到生命在一切意外面前其實脆弱得不堪一擊。

■ ■ ■

　　也許成熟的標誌之一，就是不再對一切盲目樂觀。
　　我以前總認為這個世界很美好，人類堅不可摧，但隨著年齡的增長，我發現其實無常才是人生的常態。
　　後來我知道一個詞，叫「熵增定律」，被稱為讓全宇宙都絕望的定律。「熵」指的是事物的混亂和無序程度。熵增定律的意思是，一切事物都是從有序趨向無序，最後走向死亡。也就是說，如果不施加外力影響，事物永遠會向著更混亂（熵增）的狀態發展。
　　事物維持美好的狀態是需要能量的，一旦停止能量供給，美好的狀態就會消失。

■ ■ ■

　　疫情期間，網友發起了一個話題討論：疫情對你的行業或工作有什麼影響。
　　這個話題，有將近五百萬人點閱。
　　整體看下來，會發現，其實當下的很多人都對未

來感到悲觀。但是留言裡，大家又都在互相加油打氣。

「撐下去、加油、堅持⋯⋯」

在熵增定律的操控下，無序和死亡注定是宇宙間一切事物的宿命。

但也別忘了，生命的意義，就在於具有抵抗熵增的能力。

晚上和朋友聊天，他忽然問我，你擔心過以後嗎？

我說，當然擔心啊，但是，比起擔心，更重要的是重拾信心，認真想好以後的路怎麼走才行啊。

畢竟我們都已經算是很幸運的了。

我很喜歡的一位音樂人，曾經寫過一首歌，就叫〈這個世界會好嗎〉。而這首歌，有一個特別版，叫「相信未來版」。

這個世界會好嗎？

每天回答一遍：相信未來。

事物維持美好的狀態是需要能量的，

一旦停止能量供給，

美好的狀態就會消失。

讓你變優秀的那些年，
一定很辛苦吧

　　一直覺得夜晚是一個城市最美的時刻。喧囂褪去，人群沉寂，空氣也寂靜而沉穩。

　　剛畢業的時候，每個晚上我都會站在陽臺看這座城市。

　　深夜城市的光，會給人方向，給人靈感，也能給人想要的力量。

　　春天的晚風，會帶來花香和好運。

　　從黃昏時分開始，就可以慢慢期待了。

■ ■ ■

那天，偶然路過我小時候常常經過的老火車站。從小學到國中的九年上學時間，我每天都要經過這個平交道兩次。

　　平交道旁有一對賣生煎包的中年夫妻，每天清晨準時出攤，路過會聞到撲鼻的蔥香。

　　有時候遇到火車經過，很遠就聽到警示聲「叮——叮——叮」地響起。

　　傍晚放學，和三五個同學騎著自行車通過平交道，因為鐵軌很顛簸，我們就會站起來騎，但是車速一點也不減慢，整個人「噔噔噔噔」地顛過去。

　　那時候早上忙著去學校，下午趕著回家，從來沒有認真留意過這個破舊的火車站。多年以後，我才知道原來這個地方發生過很多故事。

　　比如它是《背影》裡朱自清先生和父親分別的月臺，也是《情深深雨濛濛》裡依萍等書桓的車站。

　　後來火車不再經過這了，路口被鐵柵欄封起來。

　　那天專門過去看了一場日落晚霞，才發現從前沒有注意到的美。

　　生活就是這樣，平淡的日子裡，我們總是很容易忽視那些美好的細節。

■ ■ ■

太陽落山之後，萬家燈火開始一盞盞開啟。

坐在公車上，聽著吳青峰的〈起風了〉，看著外面路過的崇山峻嶺，感覺未來清新又充滿希望。

我很喜歡公車站牌邊的提示面板，無論下一站車距離本站是六站還是兩站，都帶給人希望和期待。

每倒數一站，快樂就會增加一點，最後快樂達到最大值，滿懷開心踏上準時到來的公車。

最舒服的是週末一個人不緊不慢地散著步等車，路上的行人很少，乘客也不多。

世界突然變得很安靜，適合放鬆，也適合思考，更適合搖搖晃晃地沉溺在無垠的夜空中，然後滿心歡喜地做一個夢。

走在城市夜晚的街頭，我喜歡認真觀察路過的每一個人。

夜市的老闆娘，會在七點準時出現，把各種小吃擺放得整整齊齊。

外送員拖著長長的身影，正奔赴下一個目的地。

他們總讓我想起小林薰的《深夜食堂》，夜晚的食物，其實是散著熱氣的人生百味。

路口的理髮店，晚上開始進入高峰期。

盡職的清潔人員，在人潮退去之後，認真地清理

每一處路面。

夜班計程車司機，習慣性地抽根菸，努力和他的計程車保持著絕對清醒。

正是這些普通人，為城市增添了一個個溫暖的注腳。

偶然路過一家水果店，年輕的店員蹲在角落休息，站了一整天的她，應該很累了吧。

讓你變優秀的那些年，一定也過得很辛苦吧。

但我相信這個世界上還有很多美好，要有勇氣穿過黑暗擁抱自己，熱愛生活。

■ ■ ■

以前看過一個採訪，是枝裕和導演提到這樣的一件事。

他說，他的電影裡總會設計這樣一個情節：

車輛緩緩開動，少年將頭伸出車窗外，感受車子開動時空氣和頭髮接觸的奇妙。因為覺得這樣很舒服，就想讓電影人物感受到這種美妙。

當時就覺得是枝裕和真的太細膩了，聽著這段話，光是想想畫面，就能感受到自在悠然和春風似水般的溫柔。

其實我也很喜歡在夜晚搭車的時候，悄悄搖下車

窗，感受晚風吹過的輕柔。

尤其是車輛駛入長長的隧道，風吹起柔軟的頭髮，讓人忍不住陶醉。

■ ■ ■

剛和男朋友在一起的時候，我在南，他在北。

我們每週末見面，都要穿過整座城市，公車轉地鐵，再搭一段計程車，好像一路上要越過崇山峻嶺。

但如今回想起來，那時候的我一點也不覺得路途遙遠。

塞車的時候，我會傳訊息告訴他：「路上太塞了，我要遲到了。」

然後突然收到他傳來的照片，上面是手寫的食譜，全是我愛吃的東西，我就覺得長途跋涉一點也不辛苦了。

他送我回去的時候，路上遇見塞車反而會更開心，因為這樣我可以靠在他的肩上很久很久。

■ ■ ■

《夏目友人帳》裡面說：「只要有想見的人，就不是孤身一人。」

風塵僕僕地去見一個喜歡的人，哪怕距離再遠，

內心也是滿懷著歡欣的。

坐在地鐵裡，手機訊號不好，為了打發漫長的旅程，就會一點點翻看和他的聊天記錄，一首首聽他分享給我的音樂。

我很喜歡這座城市的夜晚，似乎永遠不會有絕對的黑暗。

不打烊書店的燈光始終溫柔，二十四小時的便利商店是永遠的庇護所，報亭裡新一季的書刊都到了，今晚還能看到了金星伴月……

太陽雖然落山了，但看著喜歡的城市從黃昏到星光點點直至夜幕降臨，會覺得其實啊這人間並不壞。

我的意思是就算成為不了太陽，但我知道這座城市的萬家燈火，總有一盞燈是為我亮著的。

讓你變優秀的那些年，

一定也過得很辛苦吧。

但我相信這個世界上還有很多美好，

要有勇氣穿過黑暗擁抱自己，

熱愛生活。

深夜計程車

　　身為一位上班族，同時也是一名都市麗人，我常常搭計程車。

　　晚上加班太晚，太累了必須搭計程車回家。

　　早上為了左右兩邊對稱的眼線，常耗到不搭計程車就遲到。

　　在車上的這二十多分鐘，幾乎是我每天和外面的世界唯一交流的機會。我經常把用APP叫車當作一次隨機配對的見面會，也是我平凡作息裡的一點點樂趣。

　　我發現，用APP叫車，就是在參加一場Live演出。

　　那是在我剛上班沒多久的時候，我對工作上的很

多事都不熟悉，每天出門前，要給足自己心理鼓勵。

那天接我的司機，彷彿曾經學過相聲，我一上車就來了一番說學逗唱。

「小姐一看你就是工作沒多久的。」

「為什麼呢？」

「你上車後還坐得直挺挺的，不打哈欠也不睡覺。」

「那工作久了會是什麼樣？」

「上來要不倒頭就睡，要不吃著早餐狂打電話，一副千萬合約盡在掌握的樣子。」

我上班緊張的心情很快就被逗樂了，他又和我說，剛上班沒關係的，年輕人多得是機會，我們只能開開網路叫車，你日後會單手開麥拉倫。

各種乘客的段子說下來，我聽得入迷，成功地錯過了我該下橋的路口。他和我道歉了好幾次，立刻結束計費，還承諾我一定拿出畢生所學的駕駛技術，保證我上班不遲到。

那天我彷彿聽了一場現場單口相聲演出，開開心心地上班去了，果然也沒遲到。

從那次後，我開始留意，發現原來有這麼多的司機，他們熱愛生活，愛聊天，不露鋒芒，雖然並沒有擁有一切。

他們和你說著他人生的故事，把你當作他人生旅途裡的小聽眾。我都很樂意聽，做一個捧場的角色。

　　透過他們的一段現場演出，我知道了有這樣的人生，我看到了有這樣的態度，從別人的生活裡找到自己走過或想要走的影子，這會讓我更加珍惜我當下的日子。

■ ■ ■

　　有一次我加班很晚，走出公司時，頭頂只有一輪月光灑下來。夜色很美，但是我獨身一人在等車。那種無力與疲憊，在空曠的街道上瞬間瀰散開來。

　　車來了，我上車。一上車，我就按下了車窗，我還想再看看月亮。司機問我，小姐現在才下班啊？我說，是呀，剛下班。

　　然後他問我是不是還沒吃飯，我說是的。他就說他等等送完我要去接高三晚自習的女兒，他替女兒買了一袋橘子，要給我吃一個。

　　我有點猶豫，他就在等紅燈的時候回頭遞給我一個。他告訴我，現在女兒讀書壓力很大，他每天都不知道怎麼辦，女兒晚自習不在家，他也不想待在家，出來開車，然後準時接女兒回家。

　　我忽然想到我高三的時候，我爸也是這種心態，

他說女兒不在家，他就難過。

　　想到這裡，我就開始剝橘子吃了起來。

　　他又說，以後我女兒加班，我一定去接她。其他的我做不到，但是至少老爸要做她永遠的專車司機。

　　我忽然就很感動，就說你真疼女兒呢。

　　他說，沒辦法，我和她媽媽離婚了，女兒選擇和我過，我總覺得對不起我女兒，覺得不夠了解她。平時不能陪她逛街買衣服，又想多給她一些零用錢，就每天出來跑網路叫車。

　　結果又沒時間陪她，我都矛盾死了。但是女兒就快要上大學了，我要平衡好時間，多看看女兒。

　　你看我手機螢幕就是我女兒。

　　他給我看了螢幕，是一個高中女生和爸爸用特效軟體拍的合照，爸爸和女兒都有兩個兔耳朵，笑起來很可愛。

　　司機給我看的時候，他也笑了，是那種完全不藏著愛意的笑容。意外地打動了加班的我。

　　誰不是在為了生活而不懈努力，有太多的桎梏我們都得遵守，有太多的責任都得妥協。但是我們還不是要做好自己的事，盡力為了在乎的人繼續堅持嗎？

看我不說話了，他就說，上班累吧？

我回，好累啊。

他說，那我不多說了，你休息一下。

下車的時候，他又給了我一個橘子，還和我說，沒必要有太多的不開心，沒必要想太多，該做什麼做什麼，因為還不知道會有多少個明天。

我覺得心裡好暖，橘子好甜。

■ ■ ■

其實我們都是很平凡的人，在壓抑的城市裡不停地忙碌著。生活在十分狹窄的角落，眼前只有自己的生活，以及認識的三五個人。

未來在哪裡呢，我的夢還能實現嗎，我喜歡的人什麼時候出現呢，都不知道。

謝謝你們，讓我知道平凡也沒什麼不好，平凡才最有力量。

雖然未來藏在迷霧中，叫人看起來膽怯。但當你踏足其中，就會雲霧散開。

生命是純粹的火焰，我們靠著體內一個看不見的太陽活著。

誰不是在為了生活而不懈努力，

有太多的桎梏我們都得遵守，

有太多的責任都得妥協。

但是我們還不是要做好自己的事，

盡力為了在乎的人繼續堅持嗎？

感到悲傷就去看海

最近在讀寺山修司的少女詩集。他說大海的起源不過是女孩的一滴眼淚——「那眼淚無論如何也停不下來，終於將地球整個泡在水裡了吧，這是任何科學書中都未記載、只有我知道的事情喔。」

看，他的描述真可愛啊，像滿懷心事的少女在偷偷分享自己的祕密。

在他的詩中，我總能看見「眼淚」和「海」的字眼。甚至在他的眼裡，眼淚就是人類自己創造的最小的海。

如果你嘗過眼淚滑過嘴角的味道，一定知道它是

鹹的。

海水也是。

身為生長在內陸地區的孩子，我從小就對大海充滿了期待。在電視劇裡，在歸鄉人的口中，在愛情小說的極致描寫下……大海讓人充滿想像。

每個人想像中的大海可能是相似的吧！既有著一望無際的廣袤，又帶著深邃的藍，不摻一點雜質。

白天，大海應是與天際相連的，一分為二，波光粼粼。

到了夜晚，月光如水般溫柔，大方地落在寧靜的海面上，詩意悄悄蔓延。

失眠的時候我經常想，什麼時候可以去海邊呢。

■ ■ ■

後來，我去了一座離大海更近的城市上大學，看海不再那麼遙遠。我甚至可以在短暫的週末去海邊看一圈，再坐上週日下午回校的列車。

也許是因為看海不再遙不可及，我也遲遲沒有真正動身去海邊。

終於，在一段稚嫩又快速的校園戀愛無疾而終後，我下定決心要去海邊散心。

雖然現在回想起來只覺得那次失戀像是打了個噴

嚏一樣無關痛癢，但對當時的我來說倒像是遭遇了致命般的打擊。

小時候我以為人到了一定年紀就必須結婚，所以成年之後我便認為自己已經成了「大人」，對感情之事總抱著很多天真的幻想。

幻想破滅的時候，我擁有的只是無止境的悲傷。悲傷久了，人就會變得頹廢。但也正是因為悲傷，去看海才成為我最大的心靈解救。

■ ■ ■

你想像過在海邊的人是什麼樣子的嗎？

有一家幾口在海水中嬉戲打鬧的模樣，有小孩子為堆起的沙灘城堡歡呼的模樣，有恩愛的情侶牽手拍著婚紗照的模樣……也有將孤獨的背影留給這個世界的模樣。

一定是海面太寬闊，才顯得一個人的背影那麼孤獨。也一定是因為海水太深沉，才顯得一個人的悲傷那麼微不足道。

走在海邊，我的思緒不由得胡亂飄起來。從小時候飄到成年後，我短暫的人生經歷在大海面前一覽無餘。

海浪一波捲著一波，吞噬著沙灘上的大小不一的

腳印，也吞噬掉我悲傷的情緒。

　　我望著天色變暗，熱鬧的人群散去，漸漸意識到愛情從不會遵循潮漲潮汐的定律，該去的就隨它去。

　　寺山修司說，感到悲傷的時候就去看海。
　　因為看海是一件很療癒的事情呀。
　　我喜歡享受在海風中呼吸時的平靜，煩惱也隨著拋之腦後。縈繞在耳邊的海浪聲像是大自然的洗禮，可以帶走我很多複雜的情緒。
　　柔軟的沙灘像是溫床，每走一步都在將我包裹。而眼前的大海彷彿正在張開雙臂，擁我這座孤島於懷中。
　　海是神秘又偉大的。我永遠也望不到海的盡頭，也不知道人生的盡頭會是什麼樣。只是，在海的面前，那些需要窮極一生去思考的問題不值一提。

■ ■ ■

　　電影《歲月神偷》裡有個場景一直讓我念念不忘。
　　奶奶對小弟說：「如果你肯放棄所有最心愛的東西，把它全都扔進苦海裡，把苦海填滿，就可以和你的親人重逢了。」
　　哥哥因病去世後，小弟將自己珍愛的夜光杯、魚

缸頭盔⋯⋯都一一扔進了大海。那些他心愛的東西沉底的沉底，漂走的漂走，哥哥卻沒有再回來。

大海不會被填滿，已經離開的人也不能再重逢。

為什麼劇中的奶奶將大海叫作苦海呢，也許是因為它承載了太多人間疾苦。

現在的我明白，大海是永遠也填不滿的，生活中的苦也是永遠嘗不完的。但我可以把所有的心事都說給海聽，將所有的疼痛與沉重留在海邊，然後重新出發。

注定要離開的人就讓他離開，感到悲傷的時候就去看海吧。

一定是海面太寬闊，

才顯得一個人的背影那麼孤獨。

也一定是因為海水太深沉，

才顯得一個人的悲傷那麼微不足道。

PART 2

不一定需要戀愛，
但需要戀愛感

女孩子心裡
沒人時最酷

我確定，我曾經是喜歡過這樣一個人的。

我喜歡他的樣子有很多種，是收到他的邀請在房間裡活蹦亂跳的樣子，是洗澡洗到一半用毛巾擦擦手回他訊息的樣子，是一個人坐夜車出現在他面前的樣子……

我當時很害怕最後只是感動了自己，但還好，他說他感動了。他這麼說，我就信了。

這段維持不到半年的遠距離戀愛就這樣開始了。

順著喜歡而來的，是夾雜著不安、忐忑、緊張的心

情，對一切細節如數家珍，腦內時常排練著一齣又一齣見到他後的情景，費盡小心思去揣測他的反應。

我時常發僅他可見的SNS動態，要是他按讚留言，便開心到飛起來。我認認真真地聽他分享的每一首歌、每一段文字，然後與他有話可說。

我總是在這般起起落落的感情中努力證明自己的價值，證明在我「不打擾」的日子裡，他也跟我一樣揪心和難過。

■ ■ ■

後來，一個共同的朋友告訴我，在我們分手前夕，我突然找他的時候，他其實很慌，他和一個女孩一直走得很近、關係親密。

如果我當時看到就好了，就不會有接下來的荒唐。

但是，他和我分手的時候並沒有提到這個女孩，他只是說遠距離戀愛很累，假裝愛我很累。我也信了。

以至於在後來的生活中一想到他就像一個結了痂的疤隱隱作痛。

得知他在我背後搞了這麼多小動作，我的心一下子就涼了，在那個瞬間也許我已經放下了。

我不想再問了，就當是在這段感情的最後留給自己的一點體面吧。

我不希望有一天回頭看，突然發現自己認認真真付出過的感情，從頭到尾都是貶義詞。

■ ■ ■

過了很久，我和當初那個我們的共同朋友一起吃飯。

那是臨近中秋的時候，螃蟹正是肥美，飯菜上桌後，我拿起一隻螃蟹開始大快朵頤。

我和她說說笑笑，突然她有些擔心地看著我說：「他結婚了，就是和當初的那個女生。」

我笑著回應，那也很好啊，至少這次他不用演戲那麼累了。

我們有一搭沒一搭地聊著，我熟練地把螃蟹掰開，去掉腮，取出整塊的蟹肉和蟹黃，沾著撒滿了蒜末的醋一口吃下去。最後學著網路上的方法，一根一根挑出蟹腿裡的肉，同樣沾著蒜末的醋送進嘴裡。

直到我吃完一整隻螃蟹後，才發現自己的心情竟然很平靜，於是明白了，原來自己的情緒已經不會再為他地震了。

從開始到結束，失望是日漸累積的，但感情死掉只是心涼的那一個瞬間。

可能很多人都有類似的感受，一個曾經那樣喜歡過的人，最後竟然也會變得沒那麼特殊了。

當愛情已然死亡，當這個人根本就是錯了的時候，我很慶幸，我沒有不顧自尊地去做傻事，慶幸自己堅定地離開了。

現在，我可以站在旁觀者的角度去回憶這些時，我發現，其實我的生氣更大過於失去的痛苦。

在喜歡這條路上，有風沙，有岔路，有驚喜，有落空，更有無可抵擋的卑微與驕傲。

你不用對我撒謊、婉轉、顧左右而言他，我並不生氣你的拒絕，我只是生氣你在浪費我的時間。

所以，我不會再為你做任何事了，我會結束與你有關的一切。

刪掉你的通訊帳號，封鎖你的SNS帳號，刪除彼此所有的好友關係，從此就消失在生活中了。

■ ■ ■

當愛情死掉的時候，只有離開這一個選項。

其實，相對的，你愛的那個人對你的愛已經死掉的時候，他也不願再為你做任何事了。

我也明白，很多女孩子只要還有感情就很容易心軟，但如果對方看你的眼神裡再也沒有了光芒，甚至

冷酷無情，多半是感情為負值了。

就像你吃一道菜，沒嘗過的時候如果有人一直要你嘗嘗看，那嘗兩口也無妨。如果吃過了之後覺得非常難吃，已經堅定拒絕了再吃，這個時候有人在你面前一遍一遍要你再嘗嘗，反而會讓你反感。

至於，一心想著「我要是變得更好，他就會回來的」，於是做各種事給對方看。可能事實是，他根本就不在乎，不管你有沒有更好，不愛了就是不愛了。

當你刻意做一件事給他看的時候，你也沒有變得更好，只是在原地自我拉扯。

很多周圍的朋友一直處在這個自怨自艾的階段，很久不能走出來。一直想對他們說一句話，又開不了口：不要繼續了，我看著都覺得心酸。

所以，在這個時候，不要苦苦哀求了。挑一個陽光正好的清晨，安靜地離開吧，也算是給愛情留下最後的餘地。

現在覺得，也許好的感情便是面對一個人時，可以很酷地對他說：「我喜歡你，可我也不怕失去你。」

■ ■ ■

這幾天七夕節快到了，大街上到處是打打鬧鬧的情侶，無數的禮盒在城市的櫥窗展示，好像一切都是

這麼美麗。

　　咖啡店的白板上寫著一句話：去愛你想愛的人吧，趁自己還活著，趁他還活著，趁記憶還能將過往呈現，趁時光還沒有吞噬你們的思念。

　　我想了想，大概一個女生最酷的時候，就是只要知道了一段感情已經死去，可以馬上乾乾脆脆說再見，可以立刻瀟瀟灑灑地大步向前。

在喜歡這條路上，

有風沙，有岔路，有驚喜，有落空，

更有無可抵擋的卑微與驕傲。

你不用對我撒謊、婉轉、顧左右而言他，

我並不生氣你的拒絕，

我只是生氣你在浪費我的時間。

所以，我不會再為你做任何事了，

我會結束與你有關的一切。

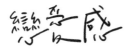

戀愛感

我是個有儀式感的人，在民宿醒來的一大早就去尋找喜歡的明信片了。

走到街角時，有一家門外停著一輛白色單車的精品店，櫥窗玻璃上寫著：「人可能並不一定需要戀愛，但需要戀愛感。」

這行字，吸引我朝裡面探了一眼，順勢推門而入，一陣清脆的鈴鐺聲傳來。映入眼簾的除了像地錦般傾瀉下來的明信片，還有一個穿著淺色T恤的男孩。很深的雙眼皮，沒有多帥氣，卻給人一種滿是善意和溫柔的感覺。

「老闆，那我只能寄給五年後的自己啦。」他微微歪著頭，嘴角帶著笑意，很有禮貌地看著老闆。然後，乾淨妥貼地坐到最靠牆邊的桌角，不過，半天沒有落筆。

「你好，你有看到月亮圖案的明信片嗎？」我湊到他身邊問。

他看了我一眼，指了指牆邊的籃子說：「明信片都在那。」

我翻閱著滿籃子的明信片，接著找話題：「這明信片多少錢一張啊？」

「不好意思，我不太清楚，你可以問老闆。但據我所知，這裡的明信片不賣，都是現場寫好，然後老闆幫你郵寄給未來的自己。」

「那麼有意思，那我郵寄給下輩子的我可以嗎？」

「這恐怕不行，我們是有固定時間的，這家店的租期是五年，所以只能五年內。」一個店員突然打斷我們，好意走過來和我們解釋。

我有點懊惱，心裡嘀咕為什麼偏偏這個時候過來打斷我們啊！

但店員接著說了一句：「不如你們寄給五年後的彼此吧……」哈哈哈，她似乎讀懂了我的心思。

「這不太好吧……」我略尷尬地回應。

「這個想法也不錯啊！」他坐在角落裡，朝我笑道。

那份笑容裡包含了很多種含義，有被人解救的慶幸，有禮貌尊重的打招呼，但我關心的是有沒有包含對我的一份欣賞。

寄語寫完。

我們都很有默契的不讓對方看到，把明信片夾在書裡，躲避對方的視線，放在了書架裡最隱蔽的位置。我坐回暖暖的沙發上說：「雨可能一時半會停不了。」

其實這句話的潛臺詞是我想多在這裡待一下，我知道我們一旦分開就很難再相見。不料，他接著說：「我有傘。」我不知道他怎麼這麼不解風情，傘暗示著「散」啊。

但接著，他走到我面前說：「西街那邊有專門賣明信片的，我帶你去找找有月亮圖案的明信片？」我驚訝極了，收回剛剛他不解風情的想法，用力地點了點頭。

■ ■ ■

我躲在他的傘裡，正在往那條巷子的方向前去，

但我假裝不知道。他比我高兩個頭，儘管撐傘的方向和高度已經很遷就我了，雨還是會飄進來，飄到我臉上，打濕了睫毛。

順著雨飄的方向望去，河道裡泛舊的木船，正晃晃悠悠地漂蕩著，悠閒的撐船人在船頭抽著菸，瞇著眼睛看岸上的人。

這裡的雨天總是這樣，就和幾行情書一樣，煙雨朦朧而溫情脈脈。我不喜歡熱鬧，在附近的廊棚和木凳上靜坐，任清風輕撫臉龐，就已經很有詩意了。或者放燈煙雨長廊，踏板石皮弄堂，扁舟唱晚，來一碟青豆配上黃酒，也很愜意。

而他也一樣，似乎並不想打破雨中的寧靜。

他忽而側過臉，看著河道裡悠閒的撐船人，忽而轉眸看著前方匆忙回家的行人……我偷偷地看著他，猜不透他此刻心裡在想什麼。

終於，他開口了：「剛才幸好你出現了，實在不知道寫給誰。」我趁著雨小了很多，機靈地跳出他的傘外：「那你讓我拍幾張照片吧。」

我走到他的身前，拿起單眼相機並迅速地替他拍了很多照片。

「我不太上相啊。」

咔咔咔——

「等下，那讓我擺個動作。」

「不用啦，我已經拍好啦。」我偷笑道，「權當留作紀念吧。」

他好像明白我的意思，我總感覺，我們是很相似的人。天色漸晚，但似乎我們都不太捨得分開。

人隨著夜色慢慢也多了起來，河道上漂著河燈，有幾對情侶正依偎著放河燈，不知他們許下了怎樣的願望。

我提議：「我們也點一盞河燈，許個心願吧。」我們一起將河燈小心翼翼地放進河裡的時候，夜晚的景色顯得更加浪漫又溫柔了。

我不知道他許了什麼願望，就像我不知道他的明信片裡寫了什麼給五年後的我。但我希望這個小小河燈可以載著我許下的小小心願，順著水漂啊漂，漂到江裡，漂到海裡，最後漂進他心裡。

■ ■ ■

可能眼前的這個人真的給了我一種戀愛感，又或者害怕今天過後就再也見不到了，所以我才會想和他做一些「類戀愛」的事吧。

然後我就想到了早上看到的那句話：「人不一定需

要戀愛，但需要戀愛感。」

很對啊，很多時候人只是想要一種喜歡人的感覺，而不是想要戀愛。比如你有一個欣賞的人、心動的人，你卻不管他知不知道，你們會不會在一起，在一起多久。那就是一種戀愛感，是一種不會感受到戀愛時必要的煩惱，但又像談了很好的戀愛一樣有朝氣蓬勃、春意盎然的感覺。

甚至有時候戀愛感不用來自一個特定的他，一朵雲，一束光，晚風，星辰，朝陽，落日，午後的小貓，偶遇友好的陌生人……萬事萬物都可以帶來戀愛感，只要感知溫柔世界，總會有戀愛的感覺。

追一個喜歡的明星，下樓買貓飼料順便買一朵玫瑰花給自己，下午最後一節課出神地望著教室窗外的風和雲，躺在床上幻想自己舀一勺月亮吃……只要有動心的事物就會產生戀愛感。

這些對我來說都比維持一段關係要愉悅得多。

我愛雲，難道叫雲飄下來抱著我嗎？

我愛海，難道我要跳進海裡？

我愛一朵花，不一定要把它採摘下來。

我愛風，難道叫風停下，讓我聞一聞？

愛一個人，不一定需要他整輩子跟著你。

人可能並不一定需要一段長久的戀愛，但需要戀愛感，做一個萬物皆可詩的女孩。

很多時候人只是想要一種喜歡人的感覺，

而不是想要戀愛。

比如你有一個欣賞的人、心動的人，

你卻不管他知不知道，

你們會不會在一起，在一起多久。

那就是一種戀愛感，

是一種不會感受到戀愛時必要的煩惱，

但又像談了很好的戀愛一樣

有朝氣蓬勃、春意盎然的感覺。

花店不開了，
花繼續開

　　我是花店裡一束紫色的滿天星，被安置在大門右側靠牆的櫃檯上，而非大門正對著的櫥窗；像是被用來裝飾花店，而不是售賣。

　　不過，這個位置剛好夠我觀察三坪大的花店裡發生的一切故事了。

　　花店的老闆是個很可愛的女孩。

　　熟客來買花，她總要笑瞇瞇地多塞一朵鮮花給對方。

　　她喜歡收集瓶瓶罐罐，變化新的花樣，放在櫥窗裡。她養花也賣花，前院有貓，後院有狗。

白天，她在店裡悉心照料滿屋子的鮮花。閒暇時，就坐在搖椅上慵懶地曬曬太陽。

　　女孩有個交往了四年的男朋友，三不五時就會來花店一次。

　　男孩每次都會帶一大束紅色玫瑰給女孩。如果女孩有需要，他還會主動打掃清潔，將大盆鮮花抬到太陽底下，讓它們吸收陽光。

　　紅玫瑰是女孩最喜歡的花，店裡擺得最多的就是新鮮的紅玫瑰，像極了她的愛情。

　　我總覺得，女孩是天底下最幸福的人。

　　有時候，我甚至在想，來世堅決不做無人問津的滿天星了，就做個開花店的老闆娘。

■ ■ ■

　　我這束小小的滿天星，終究沒能預知故事的走向。

　　男孩有半個月沒來花店看女孩了。

　　我總能看見女孩無緣無故地對著紅玫瑰落淚，眼淚滴滴答答落到花瓣上，而不吃水的花瓣，又讓眼淚從這一片花瓣滑落到另一片花瓣上；像是女孩難過的心情，反反覆覆，不知道什麼時候會好。

　　從那以後，女孩再也不像以前那樣照顧紅玫瑰了。我不知道她是不是一看到紅玫瑰就會想起什麼。

她開始每天修剪打理洋甘菊，可能是因為洋甘菊的花語是：越挫越勇，苦難中的力量。她希望自己變得像洋甘菊一樣吧。

　　我在想來世真成了花店老闆娘，我一定不會輕易拋棄喜歡的花，不過，我現在覺得做滿天星也很好。

　　智者不入愛河，人類的情情愛愛太傷人。

■ ☆ ■

　　一個月後，花店關門了。

　　女孩離開得很突然，和男孩一樣。

　　我這束滿天星身上慢慢落了些灰塵，看東西也變得模糊了。

　　大門一直緊閉著，不再被打開了，室內有點暗，大門正對著的櫥窗上的鮮花也都有點小喪氣。除了幾朵含苞待放的紅玫瑰，看不大出來它們的狀態。

　　下午三點，幸運的話，陽光會從玻璃窗戶射進來，剛好可以完全籠罩在那幾朵含苞待放的紅玫瑰上，這是店裡唯一有點生氣的場景了。

　　一天又一天，紅玫瑰的花苞竟然陸陸續續綻放開來，毫無預兆，可又毫無懸念。

　　我真想化身為一台相機，在紅玫瑰綻放的瞬間，把這一畫面記錄下來，送給女孩。

花店不開了，花繼續開。

他不在了，她繼續愛。

花店有理由不開，但是花沒理由不開啊！男孩有理由離開，但女孩沒有理由說不愛就不愛了。

在她將花店關門的時候就證實了，她還愛著男孩，她沒能成為越挫越勇的洋甘菊。

這麼說，人類的情情愛愛更傷人了，還是做朵花好。

■ ■ ■

我這束小小的滿天星，又猜錯了故事的結局。

人類啊，總讓人琢磨不透。

是的，花店又開了，花有人管了。

重開花店的人還是那個女孩，她回來了。

可能開花店是她畢生的事業，也可能她明白只要有勇氣說再見，生活就會獎勵她一個新的開始。

所以，她給了自己一個新的開始。

女孩將整間花店翻新，又比之前更加悉心照料喜歡的紅玫瑰。

雖然沒有了那個熟悉的男孩的身影，但她的閨密和朋友卻比以前多了。

我突然有些明白她為什麼喜歡紅玫瑰了。

她就像那些綻放的紅玫瑰啊，不會因為沒有了陪伴，就忘了自己是朵可以盛開的花兒。

■ ■ ■

　　花店不開了，花繼續開。
　　他不在了，她還可以繼續愛。
　　所以，希望讀這個故事的你能明白：
　　就算沒有草原，你還是一匹馬；
　　就算沒有天空，你還是一隻飛翔的鳥；
　　就算電閃雷鳴，你還是個閃閃發光的小太陽。

■ ■ ■

　　花是為自己而開，人也是為自己而活，生活更要留給自己。
　　花店不開了，花繼續開。初見這句話，是在作家蔡仁偉《偽詩集》裡的其中一首名為〈世界〉的詩中。說的是一種世界規律，許多東西慢慢地不存在了，但這個世界仍然運轉。
　　這句話好像很有魔力，每個人看過後想法都不同。
　　開心的人看到會難過，像是對失戀後的糟糕情緒感同身受。
　　悲傷的人看到的是希望，像是黑暗的生活中照進

了一束光。

可能正如詩名「世界」二字，這個世界既有美好的A面，又有殘酷的B面。

花店不開了，花繼續開。你不在了，我繼續愛。

滿天星的花語是：我擷滿天星辰以贈你，仍覺星辰不及你。

她就像那些綻放的紅玫瑰啊，

不會因為沒有了陪伴，

就忘了自己是朵可以盛開的花兒。

黑洞與愛情

　　二〇一九年四月十日，我在家坐等全人類第一張黑洞照片出爐。

　　從我們站在地球看到的星空，一路追溯到室女座M87星系的核心，我們終於首次看清了黑洞真正的樣子。

　　我看到了原來會有一團最亮的光，陪伴宇宙最深暗的黑色。

　　我想以後看到的星際小說裡，就會對黑洞這樣描述：

　　黑洞是個甜甜圈，它小到難以肉眼觀測，卻會吞

噬許多東西，會「打嗝」，甚至還會「嘔吐」，在它旁邊的行星像無法抗拒愛情般被它吸引。

■ ■ ■

記得當年看電影《星際效應》，導演諾蘭用超先進的特效技術展示了黑洞的魅力，在照片公布之前，它承載了我們對黑洞的一切想像，在電影院感覺非常震撼！

當銀幕上的太空船駛過靜謐的土星光環，當黑洞的吸積盤閃耀著迷人又透著死亡氣息的光芒時……

我想起小時候常在家裡的天臺上仰望星空，漫天星辰對著我閃爍。我想起曾有一個午夜躺在學校操場上，看著獅子座流星雨朝我撲面而來。不過這些星辰帶給我的那些震撼、感動與敬畏，好像都已經是上輩子的事了。

只是有那麼幾個瞬間，《星際效應》好像喚回了這些我前世的記憶。

我曾經也是仰望星空的浪漫少女，如今卻成了一個憂心兒女情長、柴米油鹽的俗人。

正如《星際效應》裡那句最觸動我的臺詞：「我們以前常仰望蒼天，思索人類在星空中的未來。現在我

們只會低頭，憂心自己在塵世間的生存。」

■ ■ ■

之前看到一部科幻小說裡寫道：「當生存問題完全解決，當愛情因個體的異化和融合而消失，當藝術因過分的精緻和晦澀而最終死亡。對宇宙終極之美的追求便成為文明存在的唯一寄託。」

宇宙的終極之美是什麼？

《星際效應》給的答案是愛：愛是唯一可以超越時間與空間的事物。

曾經聽人說，愛情不是用來談的，是用來「墜入」的。

聽到「墜入」這個詞，我內心被觸動了一下，愛情真的就如黑洞吸引，明知道它危險無比，會不停吞噬你對他的喜歡，一不小心就是深淵萬里，無法脫身。

可就是忍不住總想窺探一下裡面是什麼？想了解它、明白它、留住它、擁有它……

也許愛情的美妙就在於此。

當人類窺探黑洞時會發現什麼？有無限之夜的黑暗，有虛無之淵的空間，有永恆凝滯的時間……

當這個宇宙的我們窺探內心時會發現什麼？一些

死去的夢想，一些抓不住的愛情，一些無法挽救的悔恨……以及在未來可以預見的庸庸碌碌的人生，翻翻口袋快樂也所剩無幾。

於是我們會用盡一生尋找一個可以讓自己躲進去的黑洞，比如躲進音樂、躲進文學、躲進畫畫，甚至躲進危險的愛情裡也不想出來……

其實任何有一定質量的物體，只要壓力夠大，把它壓得夠小，小到「史瓦西半徑」以下，都能形成黑洞。

比如只要把太陽捏到一站地鐵（半徑 3000 公尺）那麼長，把地球壓到一顆麥提莎巧克力那麼大（半徑 9 公厘），把珠穆朗瑪峰壓到髮絲的萬分之一那麼細（半徑 1 奈米）……

或者把一顆心臟捏到比原子還要小得多得多，那恭喜你，你就獲得了一個微型黑洞！

■ ■ ■

我一直知道我心裡有一個很厲害的黑洞，生活滿足的時候它就縮得很小很小，不會現身。

而當我很累、很沮喪、壓力很大，尤其是墜入愛情的時候，它就開始把我吞噬掉，從精神到身體，然後我必須用一點東西去堵住它。

在吃東西的時候就可以暫時麻木，這就成了我偶爾暴食的理由。也試過運動和讀書，但是很快再次感到空乏。

其實我也不是個把愛情擺在第一位的人，但是當我喜歡上一個人時候，他在我心裡的比重會無限放大。即便經常被朋友們說重色輕友，我也笑嘻嘻地默認了。

就像莎士比亞所說：「宇宙間許多事物的真相，追求時候的興致總要比享受時候的興致濃烈。」

比如愛情，比如黑洞。

愛情確實如此，如果說彗星是銀河僥倖射出的丘比特之箭，那麼屏息的黑洞正扮作聚精會神的捕手，只在開始給你那一點甜，給你相愛的幻覺，等待你落網。然後你的頭、你的尾，你身上反射別處的每一縷光都在劫難逃。

大多數人在感情裡就是一開始遇到一個會發光、絢爛如黑洞吸積盤的人，迫不及待地把自己交付出八九分，原以為可以坐享對方一二分的回應，沒想到直到最後也沒能等到。

若你曾有過這樣拚了命付出的愛情經歷，一次次

隆重的示愛卻像砸在銅牆鐵壁上甚至丟進宇宙黑洞裡，連一個微小的反應都沒有，你也許該從中領悟出一個道理。

一段好的感情，應該是兩個人都自帶光芒，照亮對方，讓彼此看到希望。而不是靠付出維繫，不是只要我們盡心盡力、掏心掏肺愛著對方就能有回報。

所以，一定不要一味地消耗自己，被對方拉進一個伸手不見五指的黑洞。

因為當你讓它把自己的光芒吸乾後，就會變得越來越不會愛了，就會覺得以後再也不會遇到誰了。

你本來渾身是光，但是，突然有那麼一瞬間，你變成宇宙裡一顆瀕死的星球。中心發生突變，不會再發光。

即使有多喜歡都只給對方冰冷的一面，哪怕對方的心都燒起來了，也會因為你回應得不及時，就扭頭被別的恆星捕獲了。

你努力回想自己渾身是光的樣子，卻怎麼也想不起來。

後來你發現，那是你還相信愛情，第一次見到他的時候眼睛裡發出的光。

你之所以看到對面的這個人時眼睛會發光，是因為你們的頻率相同，你感知到了對方的存在，但是你卻被黑洞所誘惑，和他擦肩而過。後來你發現，雖然你已經被扒皮抽骨了一番，但只要你拚了命走出黑洞，就會看見黑洞的盡頭是平行世界。

　　或許還有平行宇宙中的另一個你，在面對人生的岔路口時，做著不同的選擇。

　　幸運的是，總有一個你，沒有像原來那個宇宙的你一樣選錯了路；總有一個你，找到真正的愛情，終生幸福。

一定不要一味地消耗自己，

被對方拉進一個伸手不見五指的黑洞。

因為當你讓它把自己的光芒吸乾後，

就會變得越來越不會愛了，

就會覺得以後再也不會遇到誰了。

你本來渾身是光，

但是，突然有那麼一瞬間，

你變成宇宙裡一顆瀕死的星球。

中心發生突變，不會再發光。

你努力回想自己渾身是光的樣子，

卻怎麼也想不起來。

嘴硬的人
會失去很多

前年曾遇到一個男生。

互加了SNS一個月後，我上傳了兩張照片，大概他被我憨厚的笑容吸引了。

於是他問我有沒有男朋友，我說沒有。

他又問我結婚了嗎，我笑著說男朋友都沒有怎麼會結婚！

其實聽他這麼問，我心裡是長舒了一口氣的，說明他也沒有女朋友。

當天下班後我倆去看了電影。人如其照，人也如其SNS動態，從內到外都是我喜歡的類型。

看完電影他送我回家，借他的光，那天走了一萬多步，這是我倆第一次見面。

在路上他跟我說年輕時喜歡一個人總是很熱烈。

那一刻我怕他看出來我對他有意思，就故作深沉地說我早過了那個年紀了，我是個很淡然的人。

他說：「我喜歡你的淡然。」

第二次見面是在連續假日的第二天，他問我在哪，我說在家。

他來我家接我，開了兩個多小時的車，到了郊外的一個藝術館，但警衛說晚上不安全，沒讓我們進去，我們就在外面看夜晚的滿天繁星。

他問我有沒有做過什麼瘋狂的事情？

我說沒有，我說我什麼都敢做，但沒什麼人也沒什麼事值得我為之瘋狂。

我說：「你呢？」他笑著說今晚就蠻瘋狂的。

我們看了一會星星，又開車回去，各自回家。

第三次見面，某個週末他說叫我去找他玩，我開玩笑說不敢去。

他說那算了，我傳了地址給他，說：「來接我。」

他接我在他家附近看了一場很無聊的電影，吃了

頓飯。然後他問我要不要去他家參觀參觀，他家有很多書。

我說你家要是有我喜歡看的書我就去。

果不其然沒有得到我想要的答案。

第四次見面也是最後一次見面，好像是什麼音樂節的演出現場，我也沒怎麼注意。

他前一天晚上問我去不去，我說去吧。第二天他查了一下路線，說太塞車了，如果我不介意就去。其實我心裡根本不在意路上塞不塞車，但還是嘴硬說那就算了吧。

沒過幾天他突然傳訊息說：「如果你表現好的話，我就帶你去各種好玩的地方。」

我苦笑，我已經二十八歲了耶，把我當十八歲的小女生哄嗎？

然後我又嘴硬，就說「不用了」，他回覆「OK」。

然後他就刪我好友了。

其實，那一刻我是後悔的。我想，只要我從始至終說過一句軟話，我們早就在一起了。

■ ■ ■

人會因為嘴硬失去很多東西吧。

即使那樣看來很酷很酷，滿口說著我不在乎。

比如從小我就不愛和爸爸、媽媽媽撒嬌，嘴很硬，一直覺得表達對父母的愛很難為情。

有一次自習課結束回家，一進家門，爸爸就告訴我媽媽生病了，不能煮飯給我吃。從門縫中我看到媽媽裹著被子躺在床上，其實當時的我有一點不知所措，想看看媽媽，又擔心會打擾到她休息，很著急她病得嚴不嚴重，可是又開不了口。

多年後媽媽和我講起這件事，她覺得我當時很冷漠，她很希望自己的女兒能親暱地湊到她身邊關心她。

明明被媽媽誤解了，可是我卻嘴硬說：「就算我去了，你也不會馬上就好了啊。」

說實話，我很羨慕那些和父母很親近的人，會撒嬌、能耍寶，而我雖然很想去說、去做，但就是邁不出那一步。

心裡很關心，可到了嘴邊就變成了蠻不在乎，這樣的我一定沒少讓媽媽難過。

後來，隨著年齡的增長，我嘴硬的毛病即使有所改善，也無法徹底改掉。

就算錢包裡只剩下兩百元了，我也會嚷嚷著要請別人吃飯。遇到困難也從不會主動尋求幫助，都是別

人從我的表情裡猜出來的。有時候明知道自己錯了，但為了那點僅存的尊嚴，為了不讓自己那麼狼狽，還是不肯低頭。

從小到大，這股倔強好像不會消失一樣。

我喜歡說「我沒事，你不用管我」，因為我太害怕麻煩別人了。也懶得對別人說我的安排我的想法，每次遇到事情能自己處理就自己處理。

其實我就是嘴硬，我內心超希望別人能管我，把我安排得妥妥當當。

我也太不會服軟了，寧願吃虧，也要自己扛。比如明明眼淚都快要出來了，但還是回了一句就這樣吧。嘴上絲毫不讓，也會在夜裡後悔萬分。

但我漸漸發現心裡想什麼就要說什麼，一定要這樣。

現在的人們敏感、忙碌又複雜。你不說，別人是不會知道你在想什麼的。

有些東西你心裡明明想，卻因為不好意思和嘴硬拒絕了。就算是你覺得應該懂你的人，也會開始猶豫，然後退縮。

人會因為嘴硬失去很多東西吧。

即使那樣看來很酷，

滿口說著我不在乎。

很多故事到最後
只是相識一場

窗邊浮起許多小黃花，每年都是它開得最好。

不過今年因為疫情，等人們可以出門時，就看到和它一起綻放的還有迎春花和連翹。

春天的第一波爛漫，少不了迎春花，燦爛的明黃色，是春日裡的一道靚麗風景。稍後開放的連翹，也是一串串小黃花，不過，連翹通常是四片花瓣，枝條為褐色，比迎春花高大。迎春花多是六片花瓣，枝條綠色四棱，常常在路邊開成一蓬蓬的花牆。

不僅僅是路邊，社區裡也是，公園裡也是，這座城市的花好像都比往年開得旺盛了許多。

我發現，很多植物都是開黃花，春時尤多。

我想，黃色的花可能是世上最多的花了。

昨天我低頭走臺階，走著走著，突然發現兩階臺階之間的縫隙裡鑽出一株正在盛開的小黃花。雖然只是小小的一株，在空曠斑駁的臺階上，卻非常醒目。

在它目力能及的範圍裡，上方是臺階、下方是臺階、左方是臺階，右方還是臺階，堅硬單調的重複，單單它一朵小花。

可這樣一朵小花讓我感到羞愧，它從不憂慮自己的處境，長在哪裡，就開在哪裡；能開多久，就開多久；不用知道為什麼要開，就是開了。

第二天傍晚我又來看它，發現小黃花已經被別人連根拔走了。

原來還有人跟我一樣喜歡這朵小黃花啊。

但仔細想想又不對，占有不是喜歡。

喜歡花的人，一定會走很遠的路去看花。

■ ■ ■

這兩天去踏青，公園的草地上有許多小黃花，無窮蔓延。

記得上大學的時候，經常花半天的時間和很多同

學去看櫻花，回來的路上，低頭也會看見許多這種黃色小花。有時候忍不住拉同學們蹲下來，仔細看很久，才覺得沒有辜負那黃色小花的美麗。

那時候，時間這樣的奢侈，可以用整個下午看花看草，待傍晚時分，才踏著夕陽的餘暉，慢慢走回去。

一路上走走停停，摘一片葉子，或者幾根茅草，一起大聲唱〈晴天〉：「故事的小黃花，從出生那年就飄著……」

那時候不知歲月漫長，也不知道故事裡的小黃花指的是什麼花，現在我終於知道了它應該是指蒲公英的花。

春天，在農地的田埂上和馬路邊的草地上，有很多零零散散的小黃花，花型像極了微小版向日葵。

小時候，我總說它是菊花，我不知道為什麼菊花春天就開了。

小朋友總是有太多問號。

現在我差不多已經忘了誰告訴我它們是蒲公英花了，也忘了誰教我如何把蒲公英吹遠，忘了和誰比過誰採的花最好看……

就像蒲公英的花語是：停留不了的愛。這種花代表了漂泊。

是啊，很多故事到最後只是相識一場，然後各自

飄零，各自奔天涯。

對於我來說，並不厭惡漂泊的狀態，但會一直記得最美的花始終是開在我家門前的。

比如只有家門口的油菜花熱烈開放的時候，我才能深深感受到春天的到來。大片大片的油菜花鋪滿田野，那一片片「灼燒」的黃是那麼耀眼，那就是家鄉最動人的風景。

等到油菜花謝了，蒲公英就多了起來。

我就是在那一年蒲公英漫天飛舞時離開老家的。

想要在沒有任何熟人的地方逐漸糾纏、生根、發芽，最終長成包裹著的硬殼，再開出一朵不惹人注意的小黃花。

油菜花的花語是：想要的都會有。

那你想要什麼呢？

我想要的是在心儀已久的城市中遊走，去擁抱散落各地的老友，以及希望每個人都會遇見治癒自己的那朵小黃花。

喜歡花的人，

一定會走很遠的路去看花。

沒有新歡
就是最好的暗示

　　記得很久以前，我在前男友一個兄弟的SNS裡得知他有了新女友的消息。

　　那張照片，他把頭髮紮成了一個小辮子，橡皮筋上還黏著一個粉色的桃心飾品。應該是他現在的女朋友跟他鬧著玩的。

　　天還不算太晚，餐廳裡也明明都開著燈，手機上的光卻亮得刺眼。

　　我以前也對他說過，把頭髮紮起來的男生好帥，他總說太娘了，不好看，而他現在卻任由身邊的女孩和他打鬧。

真是讓我又氣又嫉妒。

照片上的女孩笑著露出了可愛的虎牙，腦袋歪倒在他的肩膀上。

想想曾經的我，也很喜歡把下巴搭在他的肩膀上。到哪裡，都習慣挽著他的手，趴在他的身上，像一隻無尾熊一樣，時時刻刻掛在他身上才好。只是，現在這隻無尾熊不是我了，這種感覺就好像心裡有一場海嘯，可我卻一臉平靜，沒讓任何人知道。

他們是什麼時候在一起的呢？怎麼都沒聽說。是聯誼認識的嗎？認識多久在一起的啊，和當初追我的方法一樣嗎？不是說要和我結婚的嗎？不是說好不會中途留下我一個人的嗎？怎麼轉眼就換人了呢？

其實，兩個月前，看到他改了個人帳號的關於時，我就預感可能會發生什麼了。是不是在宣告有新對象啊，有點像，又不太像。他以前說過不喜歡公開這些事情，覺得很幼稚，還說自己知道自己有多幸福就好了。不過他現在不是也公然曬恩愛了嗎？

呵，可能是我不太了解他吧，是我一直以來單方面給他加了太多太多的濾鏡。

「你很好很好，是我不夠好」、「他是愛我的，他只是有自己的想法」……這樣的獨白每天想一遍，我還

真信了，愛情果然讓人無腦。

■ ■ ■

他們散步時會走之前他和我一直走的那條路嗎？她週末也會陪他一起加班嗎？

那他會不會有一秒突然想到我呢，哪怕只有一秒。

現在抱著這樣的想法，真的好傻。

這一年來，始終抱著他會回頭找我的想法。

現在終於明白了，在一段關係裡，真正失戀有兩次。第一次是確定對方不是發脾氣，不是開玩笑，是真的要分手，且無可挽回。第二次是看他有了新歡時，再徹徹底底又失戀一次。所以，看到前任有了新歡，我才真正意識到，不管我在原地如何慢慢舔舐傷口，他早就大步奔向新生活了。

怎麼流眼淚了呢，我還是放不下啊，雖然已經一年了。

唉，才一年，他連下家都找好了，他是不是當初也沒那麼喜歡我啊？

他把渾身的刺都給了我，就是為了這麼溫柔地去擁抱另一個人吧。而我這顆已經稀巴爛的心，在看到他們合照的那一刻，又被狠狠地抽了一下。

唉，想想他也沒有那麼差，不然也不至於一年後才有新的女朋友。只是，我還沒有找到可以替代他的人，他都重新開始了。

　　愛一樣東西的方法，就是意識到你可能會失去它。也是他和別人在一起之後，我才明白這句話的真正含義。

　　一直害怕這一天，而這一天終於來了，心裡的大石頭也放下了。

　　不用再時刻關注他了，就放下吧，也終於可以放下了。

■ ■ ■

　　其實，我也想好好罵他一頓，也不是沒罵過，在姐妹面前痛痛快快地罵了他三天之後，沒有多釋懷，倒是也沒那麼恨了。

　　還好，現在那層情人之間的濾鏡消失了，因為看向他時，我眼裡沒有光了，應該是專門為他而亮的那束光滅了。

　　他本來渾身都是光，但是突然有那麼一瞬間變得暗淡，成為宇宙裡的一粒塵埃。我努力回想他渾身是光的樣子，卻怎麼也想不起來，後來我發現那是我眼睛裡的光。

因為他不過就是一個普通的男孩子啊。

人終究會為其年少不可得之物困擾一生。

我們啊，就是不太甘心。

其實對方一直沒有新歡可能證明他還愛著你，但對方有了新歡就是不愛你最直接的暗示。

在一段關係裡，真正失戀有兩次。

第一次是確定對方不是發脾氣，

不是開玩笑，是真的要分手，

且無可挽回。

第二次是看他有了新歡時，

再徹徹底底又失戀一次。

你是我發動態的理由

「你說，有的人為什麼就是不喜歡發SNS動態？」好友小熊在電話裡問我。

我一聽她這話就聞到了八卦的味道。

果然，不出我所料，小熊正關注著一個男孩，整天就盼著人家發新的SNS動態。

小熊說，那是她在音樂群組裡認識的男孩，叫阿南。群組裡說話的男孩很多，只有阿南引起了她的注意。

阿南的頭像是在學校裡滑滑板的照片。

滑板少年，應該是很多人對他的第一印象。或者

說，又酷又帥，是很多人對他的第一印象，包括小熊。

小熊對阿南的頭像充滿了想像，時常在腦海裡勾勒起阿南的模樣。

加好友後，小熊第一時間就去看阿南的動態，卻落了個空。他幾乎沒有發過什麼動態。

要我說，這樣的男孩還蠻奇怪的，給人很憂鬱的感覺。

「我想追他，可是他太神秘了，我不知道怎麼做，而且有人跟我說不要追不發SNS動態的男生。」

我不禁好奇，小熊口中那個神秘的不愛發動態的男孩到底是什麼樣的人呢？

聽著小熊在電話裡又是興奮又是嘆氣，我決定慫恿她一下。

「把阿南約出來吃飯，我陪你一起去。」

小熊說：「你開玩笑吧，這怎麼可以啊！」

「你再不約的話，別的女孩子就約了喔。」我語重心長地告訴小熊。

■ ■ ■

沒過多久，小熊便向我傳來了好消息。

或許不愛發動態的阿南真的是心情不好，一聽到

邀約立刻答應了小熊。

見到阿南那天，他穿了一件簡單的白色T恤。普普通通的一件T恤，也被他搭配出了自己的風格。

他坐在我和小熊的對面，時不時露出害羞的笑容。

我藉機聊起他SNS動態的事。

「聽說加你好友後連你的動態都看不到，帥哥都不喜歡發動態的嗎？」

「對呀，長得好看就多發點啊。」小熊在一旁應和道。

阿南不好意思地搔了搔頭，說自己其實很愛發動態，只是畢業後的生活太寡淡，沒有東西發。他就像在畢業浪潮裡被浪花打中的人，一點都不特別。

「朝九晚五不好嗎？」小熊一邊對著飯菜拍照，一邊問，「我每天都累死了。」

阿南苦笑，有些惆悵。

「下班一個人回到家有些不適應，我大學裡的好朋友都去了其他地方。坐車的時候總是想起和他們一起出去玩的那些事，現在就剩我一個人，很無趣。」

無趣，這個詞著實戳了現在很多人的心。

這年頭，不發SNS動態的理由可能是生活乏善可陳。

小熊隨即向我使了個眼色，拿起手裡的可樂，說：「來乾杯，以後我們一起玩。」

我立刻碰了碰阿南的杯子，要他答應我們。

碰杯的時候我看著阿南微微上揚的嘴角，心中竊喜。不說別的，阿南絕對被小熊療癒了。

■ ■ ■

那天小熊帶我們去了很多地方，小孩子的玩具樂園、傍晚的玄武湖以及深夜的天橋。

忙碌、急促，又豐富、幸福。

我們在多個地鐵站轉車，每到一個地方就要拍照。

幫阿南拍照的時候，小熊說：「你好帥啊！」

這話阿南肯定常聽到，也不故作謙虛。「我替我爸媽謝謝你的誇獎。」

小熊站在一旁，笑得花枝亂顫，揚言要把阿南的帥照發到SNS上。「有你的照片，我的發文肯定會收到很多讚。」小熊一臉壞笑。

分別前，小熊、阿南和我建了一個聊天群組，隨後小熊興沖沖地把當晚拍的照片傳到了群組裡。

照片裡的阿南總是帶著笑容，一點都不像是會在深夜傷心的人。

■ ■ ■

坐在回家的車上，我忍不住去想阿南有沒有對小

熊產生好感。

正當我發呆的時候，手機開始振動。

小熊在群組裡標記我們：「記得發動態啊！」

我還在打字，阿南的訊息很快就出現在螢幕上。「我早就發了，哈哈哈！」

原來阿南在我們揮手告別後就站在原地，認真地發了一則動態。

不同於以往，他發了九宮格照片。偷拍的小熊，我們三人的合影，飯桌上的美食，路過的風景。

阿南在上面寫道：「和你們在一起很開心。」

有點傻，也有點可愛。

我按了個讚，然後心滿意足地關上手機。我也不知道自己在開心什麼，可能是被阿南感動了。

他說生活無趣，總是陷入低落的情緒。他明明不愛發動態，卻把小熊的照片發在了SNS上。

如果SNS是人類的後花園，小熊就是阿南花園裡靜靜綻放的玫瑰。

為什麼人們不愛發動態了呢？

可能是沒有遇到自己的玫瑰吧，朋友也好，愛人也罷。

但是不要太過隱藏自己，比如從來不發動態。這

樣當你遇到那個人，會因為你太過神秘，讓人望而卻步。

你一定會遇到為你發動態、讓你想發動態的人。

你是我發SNS動態的理由，也是我喜歡這個世界的理由。

為什麼人們不愛發動態了呢？

可能是沒有遇到自己的玫瑰吧，

朋友也好，愛人也罷。

但是不要太過隱藏自己，

比如從來不發動態。

這樣當你遇到那個人，

會因為你太過神秘，

讓人望而卻步。

PART 3

我成為了小時候
想成為的那個人了嗎？

二十八歲的遺書

「我的死與任何人無關。」我曾經一度想用海子的
這句話當作我遺書的開頭。

大概從三四年前開始，我有了提早寫遺書的計
畫，但一直未能成行。也許是受傳統觀念的影響，我
隱隱覺得這種行為多少有些晦氣。

可我偏偏又容易遇到很多讓自己心生此念的場
合，比如我體弱多病，不會照顧自己，所以醫院就成
了我頻繁拜訪的地方。

一跨進醫院大門，聞到熟悉又冰冷的消毒藥水

味，我就會想起寫遺書這回事。雖然頸椎間盤突出、過敏性鼻炎、梅尼爾氏症都不致死，但這些小病都讓內心敏感的我覺得自己罹患絕症，甚至突然猝死的機率會比普通人高很多。

還有搭飛機時，起飛或降落遇到氣流，在空中被甩得七葷八素的我也萬般後悔為何沒有完成那封遺書。

如果飛機就此失事，我突然逝世那也太遺憾了！我還有好多身後事沒有一一交代，好多心裡話未曾說出口。但我懶惰的本性和好了傷疤忘了疼的陋習導致我最終未能完成那封遺書。

二〇二〇年伊始，全人類所遇到的一切，都讓「遺書」這兩個字越來越頻繁地出現在人們眼前。

鑒於那句「你不知道明天和意外哪個先來」，雖然我剛剛二十八歲，身體也硬朗著，但還是提起了筆。

■ ■ ■

親愛的爸爸媽媽：

「找到有花臂的那個成年女性，那就是我！」

不好意思，想了無數驚豔的句子，妄想能讓你們銘記很久，但最後還是選擇這一句作為我遺書的開頭。

不論我以什麼原因、什麼方式先離開了人生這場旅途，花臂都是我最容易辨認的身體特徵。

特別是在飛機失事、失蹤等意外情況下。

我還記得紋身後回到家，外婆拽著我的手臂看了半天，也沒怪我，只問紋這個有什麼用。那時候我一本正經地跟她說：「以後要是我出了意外，面目全非，你們憑著這手臂就能認出我。」

我記得她當時沒說話，但心裡一定覺得我在胡扯。一直以來，在她心裡我都是個喜歡胡鬧的小孩。

最讓我感到幸福的是，你們都願意讓我用自己喜歡的方式活著。

小到選暑假才藝班，大到選學校科系，甚至後來辭職去旅行，你們有過不理解，但總是覺得我開心就好。這是有些父母無法做到的。

我長這麼大，之所以能隨心所欲、無拘無束，是因為你們給了我充足的支持和贊同。擁有你們真好。對於至今為止都幸福的人生，我萬分感激。

當然了，如果真的遇到了上面我說的那些情況，你們需要透過紋身來辨認我，也很好，也算我沒白承受紋身的痛。

我想我還是太愛這個世界了，無法把自己的小半生濃縮為幾個字或幾句話，更沒法像川端康成說的那

樣：「無言的死，就是無限的活。」

因為有各種牽掛，我害怕意外來臨時一句話沒說就走了。當生命戛然而止，即使一切都是倉促的，我也希望對愛我的人有所交代。

所以生前就準備好了這封信，你們應該也不會覺得奇怪。

還記得我們一起看過的電影《非誠勿擾2》嗎？我一直把李香山當作人生偶像，他得了黑色素瘤，在活著的時候提前為自己開了追悼會。

說是追悼會，倒更像他和親友們的笑鬧閒聊，十年前我覺得他很有趣，現在回想起來，他算是面對死亡的先驅。

我成長在避諱談論死亡的年代，即便是現在，人們對「死」、「告別式」、「遺書」這些詞都異常敏感，諱莫如深。

可每個人都是向死而生，無法避讓。

所以不必為我傷心遺憾。

與其等到死亡後躺在冰冷的床上接受別人弔唁，還不如趁活著好好與朋友敘舊告別。

很明顯我沒來得及為自己辦一場追悼會，所以早早地寫好了這封信，也算對你們有所交代。

生而為人，每日每夜都用力活著，當然離開也想

溫柔體面。

　　活著時凡事都要親力親為，但死了卻要麻煩你們幫我執行遺願，希望你們能完成我的囑託，當作是幫我的人生做了一個完美的收尾。

關於遺產：

　　說來慚愧，我沒存下什麼錢，所以遺產沒有什麼，遺物倒有很多。

　　生命戛然而止，可能信用卡、貸款還沒還完。

　　走了也不想欠債，希望你們能夠幫我「擦擦屁股」，用我銀行帳戶裡的錢還就行，密碼是我的生日。

　　遺物方面，值得被處理的只有書和衣服了。

　　我對這兩樣東西異常執著，喜歡買書，卻不一定看；不停地買新衣服，卻沒穿幾次。所以家裡放著幾百本書和許多好看的衣服。

　　書就交給大海吧，以前我總是將書視若珍寶，捨不得借給他，借出一本還三天兩頭催著他還，這方面我是比較小氣，這幾百本書就當作對他的補償了。

　　衣服都給圖圖吧，她身材和我差不多，以前去百貨公司我們還一起買姊妹裝，她也一向喜歡我的風格，那些衣服她穿一定都很好看。

　　我還有一隻貓，雖然我常年在外對她少有陪伴，

但她身上承載了我不少眼淚和歡笑，因為我痛苦和狂喜的時候都會抱著她。

她是我的一部分，也不會隨我而去，就拜託爸爸媽媽照顧她了，她能代替我陪在你們身邊，說不定我的靈魂會寄託在她身體裡呢。

關於遺體：

雖然一生小毛病不少，但還是希望那些湊巧能用的器官能讓更多的生命延續。所以幾年前我就自作主張成了一名遺體捐獻的志願者。

不夠，這件事必須徵得直系親屬同意簽字，才能夠真正實現，希望爸爸媽媽成全我，幫我完成剩下的手續。

你們也不用擔心，我只是捐贈些有用的細胞或器官而已，不會死無全屍的，剩下的部分全權交由你們處理。

我個人意願是不想住在盒子裡，我想被風吹走。

最後不能免俗，我要用偶像李香山在他自己追悼會上說過的話來結束我的遺書：

屢次被人愛過，也屢次愛過人，到頭了還得說自己不知珍重。

辜負了許多盛情和美意。有得罪過的，暗地與我結怨的，本人在此，也一併以死相抵了。

．．．

　　好了，遺書寫完了，該開始考慮什麼時候死掉了。

　　不過至少我現在還沒活夠。

　　我覺得啊，只有坦然面對死亡的人，才能足夠熱愛生活。

最讓我感到幸福的是，

你們都願意讓我用自己喜歡的方式活著。

長大是從喜歡吃苦味的東西開始的

每天早上九點剛過，打完卡坐下來第一件事就是燒水沖咖啡。

對我來說喝美式咖啡是每日工作的標配，就算再怎麼睏倦，一杯咖啡下去，精神也被強打起來了。

鄰座的妹妹經常抱怨說：「你的咖啡聞起來好苦喔。」

我笑著回了一句：「你不懂。」

她真的不懂，別說她了，以前我也覺得喝美式咖啡或者濃縮咖啡的人都是為了裝腔作勢，那時候咖啡對我來說是香甜的拿鐵或者有榛果味的焦糖瑪奇朵，

我不相信有人能接受不加糖、不加奶的咖啡，苦得如同中藥一般，還沉醉其中。

幾年後，雖然依舊接受不了濃縮咖啡，但美式咖啡已經成為每天沒辦法離開的飲料了。

這就是事實。有很多東西，你必須到了一定年齡以後才能嘗出箇中滋味。

比如苦瓜。說實話我是開始寫這篇文章的時候，才發現苦瓜有另外一個名字，叫作半生瓜。半生以前，人俱覺苦澀難食；半生以後，才識其清涼甘香。準確到令我心顫，至少對我來說，也是過了小半生才開始接受苦瓜的苦味的。

我小時候最怕吃苦瓜，特別是一到夏天，外婆就會買很多苦瓜回家炒蛋，我媽還會涼拌苦瓜，這些菜對我來說簡直是刑罰。

她們告訴我苦瓜是極好的蔬菜，清涼解暑，養顏美膚，還能減肥，但我就是不肯吃，往往被她們逼著吃幾口都來不及細嚼就「哇嗚」一口吐掉。

我實在難以理解這個長得一身瘤子，比中藥還苦的東西是用來吃的。

開始自願吃苦瓜是這幾年的事，醫生跟我說苦瓜

可以養血明目，感覺視力日益下降的我不得已開始吃苦瓜。

但這一次，竟然不覺得苦瓜有小時候那麼苦了，剛入口的苦味過後，慢慢嚼還能嘗得出回甘。

那種又苦又甜的滋味，讓我不得不懷疑是不是因為長大了經歷的苦事太多，才覺得這味道根本不算苦。

不禁悵然，這算什麼呢？一個小小的蔬菜竟然埋了人生伏筆。

就像陳奕迅的〈苦瓜〉裡唱的一樣：大概今生有些事，是提早都不可以明白其妙處。

只能感嘆一句，初聞不知曲中意，再聞已是歌中瓜。

■ ■ ■

接受了苦瓜之後，我對苦的接受程度才越來越高，甚至開始喜歡吃有苦味的東西。

比如 99% 的瑞士蓮黑巧克力，當時是想減肥又戒不了巧克力才選擇了它。別人問我是什麼味道，我意味深長地說，是失戀的味道。

它的真實口感是：第一口特別苦，如同嚼蠟，一旦化開，苦味在口腔裡慢慢被至純的可可味覆蓋，非常香。

一開始是無法接受的，但慢慢習慣後，就明白醇正的巧克力是什麼味道，然後會一發不可收拾地喜歡上，到最後就難以忍受甜膩的代可可脂的巧克力了。

就好比談戀愛，苦過之後，才知道什麼樣的感情是好的，也不會隨便被幾顆糖騙走。

大人們說的先苦後甜，苦盡甘來，吃得苦中苦方為人上人，大抵都有這種意味。

小時候外婆總說我不能吃苦，我當時急著反駁她：「有好日子過為什麼要吃苦。」

可是做人沒有苦澀可以嗎？也許運氣好是可以的，但這樣的人生似乎不完整。

當我慢慢長大，能夠接受更多的滋味，才越來越覺得酸、甜、苦、辣每種滋味都有它存在的道理。

所以我把能吃苦，定為了長大的一種標誌。

當然，也不必強迫小孩子們吃苦。

過了半生，不用別人強迫，自己也會喜歡上這種滋味。

就像那句歌詞所言：到大悟大徹將虎咽的昇華，等消化學沏茶。

苦瓜有另外一個名字，

叫作半生瓜。

半生以前，人俱覺苦澀難食；

半生以後，才識其清涼甘香。

沒什麼大不了

　　我住的社區旁邊是一所高中，每天八點，被早操和教導主任的訓斥聲吵醒，像一個定時鬧鐘。

　　在這樣的鬧鐘聲中，回憶被拉到了二〇一一年的高三。

　　那年夏天，大學考試在即，老師安排了很多自習課，每個考生都散發出背水一戰的氣勢。

　　不過現在回想起來，考大學其實也沒什麼大不了的，人生之後要面對的比考大學更嚴峻的轉捩點還有很多。

　　只覺得經歷過大學考試，自己確實長大了很

多……

　　對於長大這件事，我是期待的。

　　午休時和鄰座同學一人一只耳機聽歌，伴隨窗外的蟬鳴，我的高中時代在那個夏天落幕了。

　　高中的時候我成績很差，看小說、談戀愛，具備壞學生的所有特質，高二期末考試全班倒數，數學只有四十五分。

　　高三開學前的那個暑假，我整夜睡不著，總是趴在被子裡看一整夜電影。白天試著讀一點書，但基本上沒有讀進去。也不怎麼和人說話，也不怎麼想說話，因為說的大概都跟考大學有關。

　　一不小心把留得太長的頭髮剪得亂七八糟，幻想自己變成一隻夏蟬，交配完就死去，不用面對未來。

■ ■ ■

　　有時候，我會在傍晚騎著自行車，沿著河一直騎到天空一點點暗下去……

　　那時我會思考如果明年沒考上大學，畢業後乃至將來能做什麼？

　　十年寒窗我都不知道自己學了什麼，如果不上大學，我也不知道自己能做什麼，可能會當一輩子的無業遊民吧。

於是我暑假只在家裡待上幾天就飛也似的回到學校了，開始了我人生當中的第一次殊死一搏。

　　悶熱的教室，總是壞掉的風扇，書桌、地上堆得高高的課本參考書，鋪開的一張又一張的試卷，樸素得不能再素的衣服，摘不下的眼鏡……

　　坐在靠南的窗子旁邊的日子，是我那個夏天最開心的時候，陽光高高的灑下來，大手一揮把染上墨水的窗簾拉上，藏在裡面，那是屬於我的小世界。

　　一百天後即將面臨命運審問的十八歲的我，就是這麼度過的，想想也挺佩服自己。現在雖然有大把時間，卻總是懷念當初從早拚到晚的那種感覺。

　　大學考試前三天，學校放假，那天下午，我們在班上有個歡送會。

　　我還記得很清楚，結束之後，我和我前座的男生一起回家。

　　路上，我倆就在感慨，我跟他說：「我好像沒有辦法想像不用考大學了的日子，那種一覺醒來沒有了信仰的感覺會是怎樣的……」

　　他想了幾秒，也表示贊同。

　　然後忽然就問了我一句：「以後你會想大家嗎，想上學的這段日子嗎？」

我說：「不會。」

他愣了一下說：「你真冷血。」

我現在已經工作了很多年，也確實沒有再想念過那段日子和那段日子裡的人。以前你覺得一定放不下的那些人和事，其實根本沒什麼大不了的。

也就是後來再遇見，有個共同話題罷了。

那天回到家，打開新聞節目，以收集時事作文素材為由放空自己，大概是五分鐘，大概是十分鐘。

然後我用鋼筆和稿紙寫了情書給高中暗戀三年的男孩，拍照傳給他，但他沒有回覆我，不過這也沒什麼大不了的，我已經了卻了一樁心事。

■ ■ ■

這些是關於考大學前的最後一點記憶，想來那也不過是生命中極其潦草的一天，反正我也沒有預料到未來幾年是怎樣的風起雲湧，好像也沒人告訴我怎麼做一個成年人。

我以為我可以做天上半明半暗的雲，結果成了大江大河裡的一滴雨珠。

說來也怪，我們那座小城每年考大學前必然下暴雨。

我考試那兩天雨基本上都沒有停過，渲染了淒涼

的氣氛，暗示了人物悲慘的命運……

考場離我家不是很遠，我和爸爸走著去的路上，爸爸對我說沒什麼大不了的，盡人事聽天命，這就是一場普通的考試。

考英文的時候，突然鼻炎發作，但是不敢用力擤鼻涕，怕影響到其他人。別人的內心是想用更多的時間寫作文，而我在想，出去擤鼻涕。

考試結束後，出考場，跑著、閃躲著、跑著……

不知被傘劃過幾次，忘了鞋子已然透濕，我走在回家的路上，興奮加上對未知成績的擔憂，更多的是一小時後聚餐穿什麼的困擾。

■ ■ ■

直到拿到大學錄取通知書，那個夏天也快結束了。

或許我的青春也是在那個夏天結束的。

但是十八歲那天後，我到了很多地方，看了很多人，經歷了很多事……我才知道爸爸說得沒錯，大學考試就是一場普普通通的考試，只是這場考試的成績過於莫測，會因為你的分數框定了你在一個地方的四年……

不過，在這四年裡你還是可以做自己喜歡的事，四年後你還是可以自由地去自己喜歡的地方。

原來，考大學也沒那麼重要，一切的壞情緒都來源於把很多事情看得太重要了。

　　曾經我以為考大學是人生最重要的事，考過了，人生就沒什麼大不了的。直到後來遇到了研究所考試，我以為考完研究所，遇到問題就沒什麼好怕的，再後來才發現，人生剛開始，還有一道道檻都在後面呢……

　　原來這就是生活，跟我想像中不太一樣！

　　十八歲之後，人生根本不會「嗶」的一下子變得壯觀美麗！

　　考大學也根本不是人生唯一的出路，人生往往有很多出路。繼續讀大學是出路，不讀也是，喜歡音樂喜歡運動也是……

　　很多事，沒什麼大不了。

好像也沒人告訴我怎麼做一個成年人。

我以為我可以做天上半明半暗的雲，

結果成了大江大河裡的一滴雨珠。

我成為了小時候想成為的那個人了嗎？

今天安慰了一個失戀的朋友，從男人沒一個是好東西講到單身女人最好命，面對的是精彩世界的無數可能。

她說：「好羨慕你啊，永遠都這麼酷。」

我笑笑：「等你像我這麼大的時候，你也能做到的。」

但我是騙她的，我只是表面看起來很酷罷了。目空一切的態度只是因為我對這個世界上的大部分事情都毫不關心，永遠是事不關己高高掛起的態度。

但能觸動我內心的那一小塊，總是讓我輸得一敗塗地。

在工作時收到不喜歡的人的訊息，我會淡然地回覆一句「在忙」，便沒了下文，但會在洗澡洗到一半擦乾手回應喜歡的人傳來的訊息。

跟聚會遇到的新朋友隨意寒暄幾句，別人會覺得我超有趣；面對真正想要接觸的人卻總是驚慌失措，以致對方覺得我太內向。

用來打發時間的交往對象能夠輕鬆地說再見，而心中的那顆朱砂痣卻事隔經年都難以釋懷。

所以哪有什麼酷呢，不過都是我不在乎而已。

■ ■ ■

我甚至覺得人生落入了什麼可笑的圈套。

悉心照料的玫瑰總是在不經意間就枯萎，而隨手從別處移來的一瓣觀音蓮任其自生自滅卻越發茁壯。

那些隨意經營的人生關係總是被重視，小心翼翼亦步亦趨的感情卻如履薄冰。

後來我知道一個詞叫墨菲定律，意思是：如果你擔心某種情況發生，不管可能性多小，它總會發生。

出門沒帶傘就下雨，買了傘雨就停。

當你在車站等了很長時間，決定抽根菸時，往往剛點著，車子就會進站。

當你越討厭一個人時，他就會無時無刻不出現在

你面前。

當你越害怕失去一個人時，你終究會失去他。

墨菲定律告訴我們，越擔心的事情，越會發生，如果一件事可能會變壞，那它終將會變壞。

所以你關心的事都像生日願望說出來就不靈了一樣，有什麼心願要默默地放在心裡，說出來了，老天爺就知道怎麼捉弄你了。

於是我試著保持冷漠，從友情到愛情。

小時候容易輕信電影台詞，夢裡夢到的人醒來就一定要去找他，如果相隔太遠我也會打電話、傳訊息讓他知道。

如今在手機裡敲出一大段感動自己的話想傳給對方，最後只是安靜地留在了備忘錄裡。

有些感情，關心則亂，忍忍就過去了。

■ ■ ■

我有時候在想，我成為小時候想要成為的那種人了嗎？

對一切運籌帷幄，淡然冷靜。

答案是外表做到了，內心沒有。

只有我自己知道，我還是和十幾歲一樣，面對在意的事、喜歡的人會驚慌失措，面對無能為力的事會

嚎啕大哭，只不過一切情緒表達都從人前轉向了幕後。

被哭濕的枕頭，被自己咬破的下嘴唇，一夜一夜的偏頭痛都讓我知道，這些年我不是走得慢，而是原地轉圈。

而人是趨利避害的動物，墨菲定律讓我學會了下意識地躲開傷害。

別人看起來我好像變強了，只有我自己知道我只是膽小，從未真正成長。

我經常叫囂這個世界上能讓我拿得起放不下的只有筷子，實際上那些我真正喜歡的東西，連拿起來的勇氣都沒有。

漸漸覺得自己像極了影集《破產女孩》裡的Max，對什麼事都是無所謂的態度。我表現出自己不喜歡任何事物的樣子，是因為我從來沒得到過我想要的。

既然喝水都會擔心胖，那我為什麼不喝可樂？

既然擁有的都會失去，那我為什麼不選擇壓根不想要？至少那樣還能保持體面，不那麼狼狽。

如果被我安慰的那位朋友看到我今天的自白，一定會對我很失望吧。她羨慕的那個人只不過是個膽小鬼。

在墨菲定律的操控下，我們根本不可能贏，但一定不要輸得那麼慘。

那些隨意經營的人生關係總是被重視，

小心翼翼亦步亦趨的感情卻如履薄冰。

如鯨向海

送給大家一個關於鯨魚的故事。

不長,很多人應該都聽過,很多人或許只聽過一半。

艾力是一條生活在深海裡的鯨魚。

因為牠的發聲頻率是 52 赫茲,而正常鯨魚的頻率只有 15 ～ 25 赫茲,顯然牠與其他鯨魚格格不入,大家都認為艾力是一個啞巴。

牠沒有朋友,也沒有家人,一直獨自穿梭於寂寞遼闊的海洋中。

有一天，牠路過一處荒蕪孤島。

那天天色漸暗，突然狂風巨浪，一艘船被打翻。

艾力在巨浪衝擊中，救起一個小女孩，牠輕輕馱起這個瘦弱的女孩逃離了海上旋渦。

直到夜幕降臨，一切風平浪靜。

從此之後，小女孩便跟著鯨魚艾力一起流浪。

艾力帶著小女孩去看海洋裡的一切美景。

艾力一路歌唱，而小女孩居然跟著牠的節奏輕聲回應，陪伴牠度過一個又一個日夜。

艾力開心極了，在海裡游得更加暢快，牠從未感到如此快樂。

牠是世界上最龐大的生物，背脊是那麼寬厚有力，以為自己一定可以守護最想守護的那個人。

可是天空中的飛鳥，卻從遙遠的那一方帶來了信號，原來漁民終歸發現了小女孩，要將她帶回漁村。

當分離的這一天終於到來時，小女孩緊緊地擁抱著鯨魚，感謝牠一路走來的陪伴和驚喜奇遇。小女孩戀戀不捨地坐上比鯨魚大幾十倍的輪船，向鯨魚揮手告別。

鯨魚沉默不語，留下落寞的身影游向海底，小女孩的眼淚一串一串地往下掉。

日子好像又歸於平靜，鯨魚又開始了獨自一人的旅行。

　　牠獨自游向更深更黑的海域，一路上遇見過風雨，也看到過彩虹，只是再也沒有歌唱了。

　　牠變成了世界上最孤獨最寂寞的鯨魚。

■ ▪ ■

　　一年又一年，那個小女孩也長大了。漫長的時間，漸漸模糊了她對艾力的記憶。

　　千禧年平靜的一天，有人問她：「你見過鯨魚的屍體嗎？」

　　「沒有，我連鯨魚都沒見過。」她回答道，「而且鯨魚其實不是魚。」

　　對方沉默一會兒，然後問她：「你覺得鯨魚會哭嗎？」

　　「……是誰告訴你鯨魚不會哭？」她說。

　　「言歸正傳，」對方說，「我的一個朋友告訴我，他在村子外的沙灘上看到了一隻擱淺的鯨魚屍體，他還說那隻鯨魚臨死前叫了一整夜，aili ～ aili ～，聲音就像在哭一樣。」

　　「那……那隻鯨魚還在嗎？」女孩一字一字地問。

　　對方指了指方向，說：「還在，那麼大隻鯨魚，可

是夠附近所有的海鳥吃好一陣子呢。」

女孩沒再搭理，只是順著那個人所指的方向一步一步地走過去，她越走越快，越走越急……

女孩的腳步一寸寸推近，慢慢地，直到看見那條鯨魚的眼睛。

牠的另一隻眼睛已經被螃蟹吃空。

女孩呆呆地望著牠，恍而從牠的眼睛中能看到些什麼，恍而又什麼都看不到。

大霧湧起，蓋住了鯨魚龐大的身軀。

■ ■ ■

那天之後，就沒有人見過女孩了。

但因為是失蹤，關於女孩的八卦一直在村子裡流傳著。

有人說，那天晚上看見女孩一個人划著船出海了。那天晚上有一場大風暴。海水是漆黑色的，天空也是漆黑色的。沒有海鷗敢出海，所有的漁船都靠了岸……

也有人說，出海的時候看到被海浪打散的船板，大概女孩已經沉溺在深海裡了。

還有離奇的，一個年輕人說每次出海都會有一隻鯨魚繞著他的船噴水很久很久，直到他的船快要靠近

村子。

　　那是一隻龐大沉重卻行動輕盈靈活的寶藍色鯨魚。牠的身軀像果凍一樣柔軟而有彈性，緩慢地繞行在海面。

　　因為村裡的老人曾告訴他那個失蹤的女孩是從鯨魚背上救回來的，所以他覺得那隻鯨魚就是那個女孩變的。

　　他將那隻鯨魚取名為Alice。

　　因為牠的叫聲是：ai ～ li ～ ai ～ li ～

■ ■ ■

　　後來村子以觀光旅遊為主，很少再有人出海去捕魚了。

　　那個年輕人也變得越來越不愛說話，只是每天坐在礁石上，望著海平面，期待Alice路過，可以再見牠一面。

　　哎，牠是那樣的龐然大物，他又是多麼年輕！

　　為了配得上這份心動，他成了全村唯一一個願意再出遠海的船夫。

　　很多遊客都坐過他的船，他的話突然變得多了起來，很多人都聽他一臉幸福地說過那隻叫Alice的鯨魚，但大家都以為這是他的行銷手段。

事實上只有他自己知道，Alice會在夜深人靜的時候偷偷浮上海面。

　　當月光在海面上洗滌星塵的時候，牠剛好浮上來。

　　於是夜空染上了鯨魚的背，燈塔的燈光讓牠噴出的水柱閃爍星光。

　　當這個龐然大物躍出水面的時候，會看一眼靜謐的村莊和皎潔的月亮，然後在人們醒來時又偷偷潛回深海。

　　沒人會發現牠，也沒人會留意牠，但寂靜的夜、明亮的月光、天上的星星會陪伴牠，所以牠並不孤獨。

　　心裡有想念，就不會孤獨。

　　世界上最神秘的，藏在世界上最深處。

　　世界上最孤獨的，藏在每個人心裡最深處。

■ ■ ■

　　我始終相信「每個人都是一隻孤獨的鯨魚」，只不過你可能太久沒有回到水裡。

　　可能某一個早上醒來，聽到雨落下。雨水滲透屋頂瓦片的某一個縫隙，再滑落至大腦皮層。霎時房屋倒翻，海水灌入天空，你就變成一隻鯨魚，在人世間遊走，無論驚濤駭浪或是風平浪靜。

　　也許會有過往船隻偶爾與你產生連接，也許你會

迷戀某座島上剛剛開放的一朵花⋯⋯但終有一天你會追尋著某個聲音奔赴大海的最深處。

海底的氣泡，你沒有見過，不知道有多美，也不知道有多危險。

只是有些人愛上了，便只能一直愛下去，再也沒有退路可言。

如鯨向海，避無可避，退無可退。

我始終相信

「每個人都是一隻孤獨的鯨魚」，

只不過你可能太久沒有回到水裡。

成年人都在深夜崩潰

　　昨晚翻來覆去無法入眠，一遍遍無聊地滑著SNS，突然滑到一個朋友發的負能量動態。

　　雖然久未聯繫，我還是對她留意了幾分。

　　第二天醒來，發現她把昨晚發的東西全刪光了。

　　剩下的動態，只有短短幾則無關痛癢的內容，隨便一翻，就到底了，毫無情緒。

　　其實，我很能理解這種行為，我也曾無數次在睡不著的深夜發一些很頹喪的文字，卻又在睜開眼的第一瞬間刪除。

　　黑夜好像一個潘朵拉魔盒，把內心累積的情緒通

通釋放，人變得感性而脆弱，而任由情緒流淌的時限也僅僅只有一個夜晚。

這些年，我的SNS好友越來越多，發動態的頻率卻越來越低。

無形之中，我多了很多身分，也開始隱藏很多東西，負面情緒不再任意宣洩，訴苦也會點到為止。

偶爾深夜矯情，很少再發出矯情的文字，或者發完就刪。

後來，我發現情緒的真實性以發出動態的那一刻為準，又以點擊「確認刪除」後結束，上一秒的感受能否從這世界上消除乾淨，無人知曉。

以前，我也會在SNS上宣洩一些情緒，發出去之後最希望的就是有人安慰。

留言裡有人會留下表情符號，有人會簡單問句怎麼了，有人會鼓勵加油……但這些留言總是讓我感到失落，甚至會因為沒人留言而更沮喪。

偶爾有人找我私聊，也不知道該如何去訴說，畢竟新朋友不知道舊脾氣，老朋友不了解新故事。

■　■　■

其實，在很多時候，我都感受到了那種沒有人會

真的了解你的無奈。

當我眉飛色舞地講述自己一段有趣的經歷時，身邊的人淡淡地回一句：「還好吧，我覺得沒什麼意思啊。」

當我為寵物小狗的走失而消沉時，身邊的人說：「一隻小狗而已，說不定已經被好心人收留了。」可他們怎麼知道那份每天等我回家的陪伴呢。

當我失戀走不出而淚流滿面時，朋友都勸我「這種渣男不值得你為他流眼淚」，可是他還在我心裡啊。

我漸漸發現別人的情緒感知很難跟自己在同一個層面上，我的天翻地覆，只是別人的稀鬆平常，於是不再情緒化。

馬東曾說過一句話：「人情緒的盡頭不是髒話、不是發洩，是沉默。」

很多時候，我們看起來都很正常，會正常打招呼，正常說笑，正常去調侃生活中的一切。

可實際上，表面越是平靜，內心越是累積著許多苦水。

你也忘了經歷過多少遍的被誤解、被忽略，以致現在的你變得越來越不愛說話了，因為你害怕說出的話別人不愛聽。

但更多時候，你更害怕說出來的話根本沒有人想聽。

所以，我不願意表達，只想暗自決定。

■ ■ ■

當然，每個人也多少都會有可以安心傾訴的對象，比如我們的父母、戀人。

剛工作的時候，每天都會和爸媽通話視訊，吐槽房東摳門、哪個同學找了什麼樣的工作、抱怨被老同事排擠……即使只是一些雞毛蒜皮的小事，他們也會在電話的另一頭聽得津津有味，還時常替我出主意。

後來，我遇到的問題越來越多，連他們也沒辦法解決。

有一次，媽媽看到我發的一則類似生活好累的動態後，半夜打電話給我，而那時的我正在公司加班，攪得混亂的思緒和沒有解決的方案，在媽媽打電話的剎那全部崩潰。

面對我的無助和困難，媽媽唯一能做的就是不斷地安慰我，甚至在電話裡要我立刻辭職回家，其他全無辦法。

之後的很長一段時間裡，爸媽都像驚弓之鳥，從

我的話裡抽絲破繭找到我過得不好的「證據」，並極力勸解我不開心就回家。

我發現，面對這種巨浪，他們不但不能幫我解決事情，反而會放大我的難過，然後和我一起難過，最後我得到的是雙倍的難過。

所以，儘管現在爸媽總希望我能多告訴他們一些近況，我也只會選擇報喜不報憂。真的不願讓他們和我一起感受生活一次次的錘煉和情緒的洪流。

其實，有時候很羨慕小孩子，哭和笑都是理直氣壯的。

可當有人把我當小孩子的時候，我卻又想維持成年人那一點小小的體面。也不希望自己糟糕的狀態影響他人，和我一起難過。

後來，我想到一個辦法，當我負面情緒太多，無處躲藏時，便選擇去看悲傷的電影，那麼難過或哭泣便都有了合理的出口。

事實上，哭完之後，我還是一如既往地刷牙、洗臉，玩一會兒手機就睡覺。

■ ▪ ■

我想，學會隱藏自己的難過很重要，不需要把悲

傷傳染給其他人。但是更重要的是，要學會減少悲傷情緒，做個正能量的人。

難過的時候，就對自己說一句：「算了啦，每個人都是吃過苦頭的，我並不特殊，所以不可以把悲傷放大。」

我替自己塗上一層厚厚的保護色，對全世界設防。

但我知道，防的不是外來的傷害，而是幫別人防住自己身上的刺。

當然，情緒本身是有力量和價值的，生活從來就不是只有光鮮亮麗，承受過不甘和難過，才能成為一個更好的自己，所有辛酸和努力也都值得被記住。

打開SNS，似乎大家都過得很好。

事實上，哪怕是那些你羨慕的，看起來輕鬆幸福的人，也一樣有來自生活的苦衷。

每個人都一樣，在無人的街頭，在黑暗的房間，在公司的廁所，在深夜的SNS上崩潰。

然後天亮就刪除深夜發過的動態，與自己和解。

你也忘了經歷過多少遍的

被誤解、被忽略，

以致於現在的你變得越來越不愛說話了，

因為你害怕說出的話別人不愛聽。

但更多時候，

你更害怕說出來的話根本沒有人想聽。

人是會變的

在我很小的時候，爺爺喜歡帶我到鎮上轉角的理髮店理髮，理髮師傅也是一位老爺爺。

老師傅總是笑意盈盈的，和顧客的關係更像街坊鄰居。

牆角的爐子上總是燒著開水，咕嚕嚕冒著水汽，水開了誰有空就幫忙倒到保溫瓶裡。

理髮店更像一個閒聊的茶館。

人們最喜歡談論的是自己坐著的那個理髮椅，它已經老舊得不像這個時代的東西，木質的靠背破了一個大洞，用一個毛巾塞著。

聽他們說，這把理髮椅是老師傅的父親留下來的，還是進口的，比在場的人年齡都大，裡面不知道有多少故事咧。

依稀記得，小小的我坐在這個老古董上，看著同樣老舊的理髮櫃鏡子中的自己，充滿了好奇。

■ ■ ■

十歲那年，我被爸媽接到大城市上學，從此再也沒在這家理髮店剪過頭髮了。

剛開始幾年放假回去看爺爺奶奶，理髮店裡依舊人來人往，理髮椅坐著人，爐子上冒著水汽。

陪爺爺去理髮時，老師傅喜歡開玩笑說：「好像昨天還流著鼻涕泡泡讓我剪髮呢，今天就長成大姑娘了，哈哈哈。」

爺爺笑著躺下讓老師傅刮臉，人們或坐在長條凳上或站著，像以前那樣閒聊。

而這一刻發生的畫面在我的腦袋裡定格成了永恆，只是那時候我不曾意識到這就是永恆。

後來，聽爺爺說，老師傅中風了，在一個下午突然就倒下了。驚慌中，人們把老師傅抬到李老二家的板車上，六七個人推著車把他送到了醫院。

老師傅在醫院治療後勉強可以自理，但肯定開不了理髮店了。

　　理髮店關門不久後，新的雜貨店就開張了，老闆是老師傅的兒子。所以，那把老舊的理髮椅和老師傅也都出現在店裡。

　　只是，老師傅自己坐在理髮椅上，神情有點呆滯，整日曬著太陽。

　　老師傅去世那天，那把理髮椅散掉了。人們說，東西用久了就有靈性了。

■ ■ ■

　　雜貨店和老理髮店一樣，沒有名字，來來往往都是相互熟悉的人。有時候遇到前來買東西忘帶錢或是錢不夠的人，老闆輕輕一揮衣袖，讓他下次再付。

　　除了人們常買的糧油醬醋，雜貨店也賣飲料和小零食。

　　透明玻璃的櫃檯上，老闆有一本記帳本，他快速地撥動著算盤珠子，劈哩啪啦的聲音，讓我想起了開水咕嚕嚕的冒泡聲。

　　雜貨店的四周擺滿了商品，只有中間留出兩人寬的走道，老闆不是撥動算盤就是在整理貨物。

　　儘管他每天忙忙碌碌，維持著雜貨店的運轉，但

雜貨店還是被新開的超市逐漸替代了。大超市商品齊全，但鎮上的人卻永遠失去了那個滿滿的人情味和故事感的地方。

那年，我有一個夢想，長大後開一間雜貨店。

■ ■ ■

前些年，小鎮開始發展了，商業大樓拔地而起，馬路也變得寬闊乾淨。

離開小鎮這麼多年，我也沒有開成雜貨店。轉角的店面現在又成了一家理髮店，門頭上寫著「轉角美容美髮屋」。

我走進理髮店，盤了一夏天的頭髮也應該打理一下了。

坐在理髮椅上，年輕的設計師開始找我搭話，出於禮貌，我簡短地回應著。我們從髮質聊到當下流行的髮型，最後他推薦辦會員卡。

一氣呵成的流程讓我有些窘迫，我再三表示自己不在這裡常住，他才放棄推銷。

坐在理髮椅上的我很尷尬，這熟悉的地方再也沒有了以往那種情懷。

轉角的馬路上，不時傳來汽笛聲，我下意識地看了下鏡子。

不知道什麼時候鏡子裡的那個人已經不想開雜貨店了。

　　■ ■ ■

　　絮絮叨叨說了這麼多，回憶像是自己說給自己聽的故事。

　　天下沒有不散的筵席，轉角的店翻新了好幾遍，而碎片的人情往事都已經散去。有時我會想，長大，與我而言意味著什麼。

　　走過很多地方，經歷了一些事之後，在異鄉陌生的孤獨感常有，不經意的溫暖也有。我還是偏愛有人情冷暖的地方。

　　長大，並不意味著可以隨心，相反地，很多事情開始變得不那麼如意，甚至讓人感到吃力。

　　唯一不變的是不斷改變。

　　人總是會變的吧。

　　我們十多歲有感悟的東西，到二三十歲的時候不一定有那樣的認知。

　　很喜歡這樣一段話：

　　「從前的她走路帶風，行事高調張揚，笑起來眼角眉梢都是肆意跌宕的瀟灑。怎麼說呢？她放縱不羈，

意往九天采星辰。桀驁難馴，策馬看盡長安花。」

「那，後來呢？」

「後來……她行路不再敢逆著人潮，為人處事處處謹小慎微。不再有放肆的開懷，亦不再有凌雲的少年意氣……」

「最難過的，也就是這樣了。歲月悠長，山河無恙，但你我都不復當年模樣。」

長大，並不意味著可以隨心，

相反地，很多事情開始變得不那麼如意，

甚至讓人感到吃力。

唯一不變的是不斷改變。

人總是會變的吧。

讓在意的人滿意就好

我今年二十八歲，是個會喝酒的女生。

如果算上工作應酬、朋友交際、獨自買醉等各種情況，基本上一個月喝酒兩次，一年二十四次左右。

但二十幾年的漫漫人生路上，我陪爸爸喝酒的次數卻屈指可數，不過五六次。大部分都得是我做了讓他滿意的事，或者是他需要我做他滿意的事的時候。

特別是昨天跟媽媽視訊，她看我突然爆痘的臉，一直催我去看醫生，而爸爸則在一旁淡然一笑說「別白費力氣，交個男朋友就好了」的時候。我意識到，這小老頭可能是欠修理了，該與他酒桌上見了。

剛畢業那年工作閒適，有大把時間給我浪蕩，經常晚上約朋友出去喝酒。

我是那種被抱在懷裡時就被爸爸用筷子沾酒嘗過酒香味的人，自詡千杯不倒，洋酒、啤酒一起上，在眾人不省人事的時候，我還能霸氣地說一句：「斷片是什麼感覺？我沒醉過。」

但酒量這回事，完全遺傳了我爸。

那時候他經常因為我喝酒跟我吵架，對我的所作所為很不滿意，雖然他自己經常喝酒，但不允許我喝，覺得我整日醉酒晚歸就是小太妹，不學好。

當然，他說他的，我喝我的。

倒是這幾年，喝酒對我來說變成了一件特別「人間不值得」的事，有點殺敵一千自損八百的感覺。

用那麼幾小時的狂歡換宿醉一整天，實在不是一件可持續發展的事。

特別是在好幾次因為宿醉暈眩耽擱工作後，有氣無力地躺在床上，大口呼吸間也是連夜發酵的酒氣，我爸對我說的「喝酒誤事」這句話才深深烙印在我心底。

■ ■ ■

我也希望，喝酒對我來說是一件愜意放鬆的事，淺嘗輒止，微醺但不醉，不會酗酒失態。

　　現在這種舒適的狀態，只有和我爸喝酒時才能享受。

　　和他喝酒，永遠只喝六分醉，也只有這時候，酒才是好東西。

　　記憶裡第一次和他喝酒，是我剛買了新車那一天。

　　身為他口中「剛畢業的小女孩」，買了人生中第一輛車是值得紀念的，於是他回家張羅了一桌好菜。

　　他晃著白酒瓶問我：「女兒陪老爸喝兩杯啊？」

　　我一驚，還以為我聽錯了，畢竟幾年前他還說我是小孩子不能喝酒。

　　我一邊說著「我不會喝白酒」，一邊把杯子伸了過去要他給我倒酒。

　　「會喝的，洋酒、啤酒都能喝，怎麼可能不會喝白酒，今天老爸教你。」

　　聽他說洋酒、啤酒的時候，記憶又被拉回了大學在酒吧裡燈紅酒綠那時候，還有他因為我喝吐了回家在一旁訓斥我的樣子。

　　而現在，他卻笑瞇瞇地在替我倒酒。

　　我端起酒杯抿了一口，嘗不出味，再喝一口，慢慢

咽，品一品，還要學他呷呷嘴。

　　他全程看在眼裡，嘿嘿一笑，說我像小大人一樣，還懂得品酒，其實那一年我已經二十五歲了。

　　我們父女倆一邊喝一邊聊天，不知不覺酒就見底了，此時，胃裡暖洋洋的，整個身體發燙，意識還算清醒，但心裡清晰地知道再來一杯就要吐了。

　　只記得最後他紅著眼睛跟我說了一句：「我就知道你能喝，小時候不讓你喝是怕你喝多了被人家欺負，小女生家家的。現在好了，以後有人陪我喝酒了。」

　　後來我媽說那天我和爸爸都喝多了，倒床上就睡，澡都沒洗，果真應了那句不是一家人不進一家門。

■ ▪ ■

　　自打那次開了先河，之後逢年過節有時間便會與爸爸對飲幾杯。

　　和爸爸像朋友一樣喝酒，是無聊生活的另一種浪漫，喝多喝少都沒關係，彼此盡興就好。

　　特別是在年後，送走了登門拜訪的親戚，家裡還剩下不少為了過年特意購置的酒，而我又歇在家裡百無聊賴，便陪爸爸小酌。

　　在風雪的冬夜，他用鹽水煮上一盤蝦，用陶製的斗笠碗倒上一碗白酒，一邊替我剝蝦一邊喝酒，我抿

一口酒，眼睛眯起來，看什麼都覺得格外溫情了。

從小到大吃蝦都是他吃頭我吃尾巴。

「以後要嫁就嫁願意替你剝蝦的男人，像老爸一樣。」這句話他從我十七歲講到了現在。

他不知道，可能就是因為我聽信了這句話，才到現在也嫁不出去吧！

替我剝完蝦擦擦手，端起小碗與我碰杯，我頭也不抬「啪嗒」意思一下就行。

因為一講到剝蝦，我就知道接下來他藉著酒勁又要講平日裡不太敢催我的話題了。

以前看電影《剩者為王》，被盛如曦和她的父親喝酒時情節感動得淚流滿面。

「她不應該為父母親結婚，她不應該在外面聽什麼風言風語，聽多了就想著要結婚。

她應該要跟自己喜歡的人結婚並白頭偕老，昂首挺胸的，要非常堅定的，憧憬的，好像贏了一樣。

有一天就突然帶著男方，出現在我面前，指著他跟我說：『爸你看，我找到了，就這個人，我非他不嫁。』」

但說實話，那樣的父親只存在於電影裡。

我爸喝了酒每每只會問一句：「你知道你現在最重

要的任務是什麼嗎？」

上學時他也常常問我這句話，那時候我談戀愛，但嘴裡總會回答著「是讀書」，他才滿意地點點頭。

二十八歲面對他問出的這句話，我理直氣壯地說：「是工作！」

顯然他對這個回答很不滿意，一拍桌子說：「錯！是談戀愛。」

我只能端起酒杯，一口飲盡，信誓旦旦地拍著胸口說：「行，我記住了，老弟！」

在酒桌上他從來不罵我沒大沒小，應了那句「喝前小心翼翼，喝後稱兄道弟」。

「等你找到替你剝蝦的男人，老爸我就心滿意足了。」這種帶點肉麻的話，在酒桌上他才能開得了口。

■ ■ ■

之後因為工作忙，我不經常回家，能夠與他推杯換盞的機會就少了。

也可能是我後來沒有做過讓他滿意的事，甚至可能是他已經放棄了讓我做讓他滿意的事。

世界上什麼事最難做？是不得不做，又實在不想做的事。

比如「讓你在意的人滿意」的一些事。

但這些事有時候卻是最值得你去做的事，因為人活到一定年紀，都是在為別人而活。

你肯定做不到讓全世界的人滿意，所以做到讓你想在意的人滿意就好。

於是有一天，我打電話給我爸說過年一定帶一個讓他滿意的男朋友回家，陪他喝酒。誰知道這次我爸跟我說，只要你對自己現在滿意，帶不帶男朋友，喝酒老爸都奉陪到底。

可是啊，比讓你在意的人滿意更難的事，是讓自己滿意。

所以有時候還是讓你在意的人滿意就好。

只記得爸爸紅著眼睛跟我說了一句：

「我就知道你能喝，

小時候不讓你喝是怕你喝多了

被人家欺負，

小女生家家的。

現在好了，以後有人陪我喝酒了。」

PART 4

不要氣急敗壞了，
再給自己一點時間

　　藍天白雲的夏日，鹹甘的海風從無際的大海飄來，穿過了安靜的鐮倉小鎮，溫柔雋永的情感堆積成海浪拍打著日子。

　　鐮倉的四姐妹，熟悉的老舊的家，院子裡母親出生那年種下的五十五歲的梅樹。

　　四姐妹守在這座親人留下的宅院，一起互相打鬧，一起在老舊的大房子裡放煙火，一起製作梅子酒……

　　也是看了《海街日記》裡四姐妹一起做梅子酒的場景，我才決定在這個夏天做一次青梅酒。

「請一定要變好喝喔。」

不做作地說上這一句好像就不算泡好了梅子酒。

■ ■ ■

穿著睡衣席地而坐，一邊吹著風扇，一邊整理青梅，很久沒有這樣細緻安靜地做一件事情了。

從網路商城訂購了新鮮青梅，打開快遞的時候，一顆顆梅子翠綠圓潤，空氣中充滿清涼的香氣。

用清水把青梅浸泡兩小時，等待的時間總是那麼漫長。

於是又把剩下的青梅放進袋子裡，放一個蘋果一起紮緊，等梅子變黃之後做梅子醬。

洗乾淨的青梅晾乾後，用牙籤把尾部的蒂去掉，這個步驟不能偷懶，否則釀出來的酒有點苦。

然後在每一個梅子上戳洞洞，這樣有利於泡出青梅汁。

戳洞洞的過程完全就是一個自我創作的過程，我還在青梅上刻上了時間、名字，還有圖畫。

一切就緒後，將青梅和冰糖放入瓶中，然後倒入白酒，直到淹沒青梅，最後蓋好瓶蓋放在冰箱裡封存。

青澀的梅子，透明的蒸餾白酒，放在一起，夏天就有了故事。

夏天的午後，窗外突然下起了雷陣雨。瓶子裡的梅子在吐泡泡，冰糖也會慢慢融化。

梅子酒很神奇，限定季節的產物，酒不同，梅子的品種不同，泡出來的口感也截然不同。靜靜等待幾個月，等梅子全部沉到瓶底，酒呈琥珀色之時，便會得到無比驚豔的味道。

說來慚愧，從前的我都是要立即滿足欲望，所以喝的梅子酒也基本上都是買的。喝過最驚豔的是在雲南大理古城裡的梅子酒，味覺和嗅覺都記憶猶深。

不過，現在我每天都會看看青梅酒的變化，偶爾晃一晃酒瓶，猶如老朋友，對它說一句：「請一定要變好喝喔。」

現在我可以靜待三個月或是半年以後，再喝上醇香的梅子酒。

所以，剩下的就交給時間吧。

■ ■ ■

是啊，不是什麼東西都必須立刻擁有，花時間等待一份值得期待的美味，會讓人覺得這一切的等待都值得。

越長大越發現，很多事都是需要時間的。

想去的地方，想解鎖的技能，想要的生活，並不會

馬上就能得到，只要保持努力，其他的交給時間就好了。

　　即使結果沒有很理想，也不要覺得人生無望。坦然接受自己確實還不夠優秀，也還沒有活成理想中的那個樣子。

　　不要氣急敗壞了，再給自己一點時間。
　　不揠苗助長，只靜待花開。
　　青澀的梅子，經時間醞釀出悠悠的梅子果香。
　　白冽的酒，被時間糖染成琥珀色。
　　再給自己一點時間吧。
　　請一定要變好喝喔。
　　請一定要變優秀喔。
　　請一定要變好看喔。
　　請一定要變強大喔。

越長大越發現，很多事都是需要時間的。

想去的地方，想解鎖的技能，想要的生活，

並不會馬上就能得到，只要保持努力，

其他的交給時間就好了。

即使結果沒有很理想，

也不要覺得人生無望。

坦然接受自己確實還不夠優秀，

也還沒有活成理想中的那個樣子。

不要氣急敗壞了，再給自己一點時間。

太熱情是
會被討厭的

我喜歡下雨。但我後來發現，我只是喜歡偶爾下一場雨。

如果雨一直下，下得太熱情，滿世界的濕潤、朦朧，散發出一種腐爛味道，我就會開始期盼太陽了。

昨晚下起了雨。

關燈後，我捧著手機看電視劇，心想看完這一集我就睡。

我的窗邊是陽臺，種著很多花花草草，一下雨就會有很多小蟲子周旋其間。

黑暗中我手機的光又給了蟲子們目標與方向。

在蟲子們的圍攻下，我發出了尖叫！

自然界中的蟲子，人們也許都不會覺得害怕，甚至無視它們的存在。但是當蟲子對人太熱情的時候，人就受不了。

同理，人太熱情也是會被討厭的。

比如剛剛和朋友聊天，她說最近有個人在追她，第一次見面就猛誇她，然後說以後要約她出來玩，第二次見面就說自己買新車了要帶她去兜風。

第三次，他們甚至還沒機會見面，男生就傳訊息問她在不在家，說準備了中秋禮物給她。

聊天的時候只要她不停止，男生會一直說下去。此外，男生每天都傳「早安」、「晚安」訊息給她，情話不斷。

朋友本來就是極度需要自由的人，不喜歡和別人過於親近，可伸手不打笑臉人，所以她每次只能禮貌地默默終止無聊又無意義的對話。

男生對她著實過度熱情了，這段關係還沒開始就已經壓得她喘不過氣。

■ ■ ■

生活中，我見到任何人首先考慮的是「要不要接他

的話？會不會嫌棄我太悶？會不會⋯⋯」見到太熱情的人更不知道怎麼辦，甚至無法應對。

工作的時候，我不想遇到張牙舞爪的惡人，但更害怕遇到和善可親的人，以防有問題必須拒絕時必須面對他們的哀求。

一直也有和我關係還不錯的人誠懇地對我說過「你要熱情一點」這個建議，但其實我已經盡力在工作時間內保持開朗了。

只不過我也知道自己的熱情是很虛偽的，充其量只是不想讓氣氛尷尬或者讓對方受傷，而表現出一點溫柔罷了。

真的很討厭別人對我過度熱情，尤其是沒有什麼感情基礎的過度熱情，只會讓我想自閉。

不知道有沒有人看過《愛情公寓》宛瑜和展博外出旅行，因為展博太熱情而讓婉瑜討厭的那一集。

我當時看不太懂，我覺得人家既然這麼熱情對你，就要得到同等的回報。

現在我懂了，什麼都不是公平的。

你這麼喜歡別人、對別人再熱情也是你的事，別人喜不喜歡你又是另一回事。

以前我也動不動就對別人熱情，而且別人稍微對

我好一點，多和我說幾句話，我巴不得把心都掏出來給人家看看。

等我再反應過來的時候，又開始罵自己活該，話怎麼那麼多呢？我也明白了，大概是因為我太過主動、太過熱情，所以對他來說我的喜歡，才不被珍惜。

■ ■ ■

我還是覺得，人和人之間相處，倚仗的從來都不是主動和熱情，而是兩個人都想互相靠近和了解。

在一段關係裡，熱情就是沒用的啊。

想對你好的人從一開始就想對你好，不在意你的人也是從來都沒打算在意你。

真正的朋友，不需要我戰戰兢兢維繫和保持，而是當他看著我的時候，我就知道我們是一夥兒的。

現在我寧可把我的熱情放在養一些花花草草這樣的愛好上。你不好好伺候，它們就病給你看、死給你看，你澆水太多、施肥過量，它們也給你擺臉色。

不會拐彎抹角，並且一舉一動都有回饋，但又不涉及感情的互動，於是得來失去都不會大悲大喜。

現在我比較喜歡和寡淡清歡的人待在一起。

不用太熱情，容易過頭；不用太親密，容易相互討

厭。

　　需要的時候出現一下，但整個過程溫柔都不缺席。

　　這種相處再舒適不過了。

想對你好的人從一開始就想對你好，

不在意你的人也是從來都沒打算在意你。

真正的朋友，

不需要我戰戰兢兢維繫和保持，

而是當他看著我的時候，

我就知道我們是一夥兒的。

萬物都愛我，
也都恨我不爭氣

我住的社區是老式的六層公寓。

一天早上出門的時候，看到住在對門的鄰居正在打掃走道和樓梯。

「早啊，走道不是有專門的物業管理會打掃嗎？」我問。

「沒關係，物業不會天天打掃。」

沒有再多說，我就匆匆下樓去了。

後來，我又碰到了她好幾次。

到最近我才注意到，鄰居不僅打掃了自家門前的走道，連著我家的也一併打掃乾淨了，甚至連我們這

層的樓梯她也是天天打掃。回家的時候，稍微注意一下就能發現我們這一層的樓梯相比其他的要乾淨整潔多了。

如果不是接連好多次正巧碰到鄰居在打掃，我也不知道什麼時候才會發現她這善意的舉動。

■ ■ ■

我們一直在忙這忙那，最容易忽略的反而是身邊的小幸運。

記得讀高三的時候，為了更專心地照顧我，媽媽辭職在家陪讀。住我們樓下的是一個老奶奶，獨居，人很清瘦，但身體很硬朗。

那年五月份，她曾攔著我媽媽問我是不是快要考大學了，我媽笑著說還有一個月了。老奶奶說她家裡有一個在九華山開過光的墜子，很靈，要給我考試時戴著。

我自然是不信神靈之說的，但是心裡就是很溫暖。

前幾天和媽媽打電話，問她老奶奶身體還好嗎，媽媽說買菜的時候碰到了老奶奶，和她一起散步回來的。

原來老奶奶是去為了抗疫捐款，捐了一萬元。

老奶奶說：「我有退休金不要緊的，而且這麼大歲

數了，也用不到什麼錢，現在國家需要，我能做點什麼就做點什麼吧。」

老奶奶很可愛，對吧。

前些時候離開家到其他城市，老奶奶隔著門囑咐我在外面不要亂跑。

出發前一天我還收到了小阿姨的口罩，她把家裡所有的醫療口罩都給我了。她說，老家沒有感染病例，很安全，有普通口罩用就夠了。

其實，那個時候，所有的藥局都已經買不到口罩了。

爸媽替我把行李箱全部套好袋子，也不知什麼時候備好了雨衣、護目鏡。

■ ■ ■

時間往前移，記憶裡，很深刻的一次，我在左肩膀上紋了一個紋身。

我爸確實生氣了，四十多歲的男人紅著眼跟我說：「在家我連菜刀都不讓你碰，我怕你不小心受傷，你還非要受那個紋身的罪。」

我媽沒反對，她說從小就希望你做自己喜歡的事，紋身你真想清楚了媽媽也支持你。

後來高一的時候，被訓導主任看到叫了家長來學

校，主任說：「你看這是個好學生該做的事嗎？」

　　我站在門口，聽到我媽說：「我會提醒她在學校注意一下紋身，但是我和她爸爸呵護著長大的孩子，無論紋不紋身，都是個不錯的孩子，麻煩老師了。」

　　雖然沒有經歷什麼轟轟烈烈的大事，但好像我總是被身邊的人安穩地愛著。

　　當然，一個人生活的時候，容易被負面情緒侵蝕。

　　就像白色情人節那天，心情有點低落，漫步目的地往家走。

　　到社區門口的時候看到了一隻流浪貓。牠一瘸一拐地，背上有一塊毛已經脫落，是一隻受了傷的可憐小貓。

　　牠一定經常挨餓吧，因為牠的腿瘦得快顯出骨頭形狀。可是，牠卻不怕人，一點點蹭著我的腿，喵喵地叫著。

　　我買了罐頭給牠，看著牠吃完就又鑽進了黑暗裡。

　　那晚我的城市是陰天，月亮躲起來了，但小貓的眼睛好像那夜晚中的月亮，圓溜溜的，裡面有光。

　　這束光，照亮了我的心情，希望這個偶遇的小生命一切安好。

很多時候，都覺得這世界真糟糕。

但有些人、有些事又會忽然讓我覺得這世界好像也不賴，覺得萬物都愛我。

也許是和朋友喝奶茶時，我突然嚎啕大哭，她溫柔地抱住了我。

也許是和男朋友在相戀三週年紀念日討論了一晚上婚後的生活。

也許是剪髮時，碰到一個眼睛圓溜溜的老奶奶，偷偷躲在設計師背後看我，說：「這女孩長得真好。」

其實，大部分人聽過的最多的話就是「你要有出息，不要和那些人一起鬼混」，卻很少有人提醒你「你看啊，你的朋友們好可愛，還有很多人都很喜歡你啊，今天的太陽真好啊……」。

也許你現在仍然是一個人下班，一個人通勤，一個人上樓，一個人吃飯，一個人睡覺，一個人發呆……

但不要覺得沒有某一個人的日子就沒有愛和溫暖。

其實還是有很多人喜歡你的啊。

你的家人、你的朋友、你的同事，他們每一個人都在用自己的方式喜歡你。

大部分人聽過的最多的話就是：

「你要有出息，不要和那些人一起鬼混」

卻很少有人提醒你：

「你看啊，你的朋友們好可愛。」

「很多人都很喜歡你啊，今天的太陽真好啊……」

每一次的遇見都有意義

　　站在高鐵站，目送小咪跟著室友通過閘門遠去。牠從手提包裡探出圓圓的腦袋，一直盯著我。忽然就想起了青山七惠在《一個人的好天氣》裡面寫過的那句話：「不管什麼時候，事先預定的別離總是比突然別離更難。」

　　一個月前，我得知合租房子的室友要離開，去其他地方工作。

　　從那天開始，我想像過很多個分別場景。

　　到了真正分開的這一天，才發現自己沒辦法好好說再見，不是對室友，而是對這隻小貓咪。

時間倒回兩年前的一個晚上，下了晚班的室友從外面帶回來一隻流浪貓。

　　「路口看見的流浪貓，覺得牠很可憐就帶回來了。」就這樣，小咪意外走進了我們的生活。

　　剛撿來的時候，牠才兩個月大，又髒又醜，小小的身體很瘦弱，好像再不吃東西明天就要死掉了一樣。

　　室友在醫院工作，常常忙到很晚，我們商量之後，照顧小咪的任務就落在了我肩上。

　　一開始牠很怕生，連著幾天躲在房間的角落不肯出來。

　　我很少湊到牠身邊去，默默送了幾天食物之後，牠開始試探性地靠近我，我們就這樣一點點熟悉起來。

　　有時候，我在陽臺晾衣服，牠會悄悄走到我身後，一聲不響地趴在地上。我驚訝牠突然地出現，雙手抱著牠的兩隻前爪把它拎到房間裡。

　　有時候，我週末在家忙工作上的事情，牠也會來到我身邊，見我在忙，柔柔地叫了一聲後，便自顧自地在旁邊閉目養神。

　　有一段時間，我工作上壓力很大，以至於常常失眠，一個人坐在床邊，整晚睡不著。每當這時候，小咪總是能察覺到我的焦慮，默默蜷縮在我的懷裡，不

動聲色地陪我度過漫漫長夜。

和小咪在一起的時候，我的心裡總是不自覺地湧起一種被信任感，內心好像漸漸膨化成了一朵棉花糖，變得柔軟而充滿耐心。

雖然說起來有點奇怪，但我不得不承認，被無條件的信任是一件令人滿足的事情，哪怕對方只是一隻貓咪。

慢慢地，小咪越長越大，躺在床頭如同一隻小豹，食量也不斷增大。

我一直以為，自己會一直養著小咪。

直到年後，室友和我說起要去其他地方工作，委婉地表達了想把小咪一起帶走的打算。

我尊重她的決定，畢竟小咪是她帶回來的，而且我當時的狀態並不適合獨自撫養一隻貓，我給不了牠好的生活。

於情於理，都應該由室友來決定牠的去留。

■ ■ ■

那天我們在客廳裡商量著小咪的撫養問題。

牠一動不動地趴在旁邊，很認真地聽著，彷彿知道自己會被帶走。在牠小小的腦袋裡，是否也為必須

在兩個主人之間選擇一個而為難呢？我不得而知。

離分別的時間越來越近，小咪好像變得更加敏感。

室友在房間收拾行李箱，我幫忙整理了一些牠平時用的東西。大概是因為不想離開，牠總是會時不時地伸出小爪子，撓撓我的手臂。

小咪離開後，我常常一個人在家翻看手機裡牠的照片。牠睡覺的樣子，撒嬌的樣子，虛弱的樣子，活潑的樣子……

當我看到這些照片的時候，才發現原來兩年的時間那麼長，長到可以讓它從一隻奄奄一息的小奶貓長成可愛又懂事的大胖貓。

兩年時間又很短，短到我看著牠和室友一起離開的背影，好像昨晚牠才被撿回來。

想起之前在哪裡看到過的一句話：與有些人的緣分，因為不可預見而被無限拉長；還有些人，因為看得見的截止日期注定戛然而止。

生活中總有很多意外的遇見，當它們發生時，我們並不會預測到日後。

如果沒有當初的偶遇，如果少了室友那一瞬間的惻隱，或許這隻小貓就不會來到我身邊。

如果當初我像現在一樣成熟和懂得珍惜，或許這

隻小貓會一直留在我身邊。

我曾搜尋過關於「緣分」這個詞的解釋：它是一種人與人之間無形的連接，是某種必然存在相遇的機會和可能，包括所有情感。

很多時候，緣分這個東西很容易被我們視為理所當然。但事實上，每一次遇見都有意義。

生活中那些短暫的緣分，即便只是匆匆一瞥，也會帶來驚喜。

去年夏天，我在地鐵上遇見了一個女生。

同時段的地鐵，同樣斜對面的位置，我在八月初遇見了七月初見過的女孩。

我並不記得她具體的長相，只是記得她手裡捧著的那本《績效管理》。

那天，在SNS上，我寫了一句話：要是所有人都這麼容易重逢多好。

很多時候，

緣分這個東西很容易被我們視為理所當然。

但事實上，每一次遇見都有意義。

生活中那些短暫的緣分，

即便只是匆匆一瞥，也會帶來驚喜。

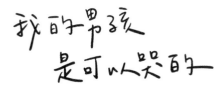

我的男孩是可以哭的

「我中午不想去了。」

「我好難過。」

收到男朋友傳來的訊息時，我正興奮地玩著商場裡的扭蛋機。

我們約好午飯時分在商場見面，去吃他愛吃的北京烤鴨。

太突然了。距離吃飯的時間還有一個小時。

我盯著他的頭像，擔心他是不是身體不舒服。語音電話打過去，他點了拒絕。

那一刻我有些站不住，開始懷疑是不是我們之間

出了什麼問題。但這只是猜測，畢竟早上出門前我們還好好的。

一分鐘後，第二個語音電話打通了，一陣刺心的哭聲傳了過來。

男朋友正在哭。

我很驚訝，甚至有些不知所措。這是我第一次聽見這麼大的男孩哭。

一個身高一百八的大男孩坐在家裡，嚎啕大哭，哭得話也說不清。想到這個場景，我開始著急，恨不得立即穿過螢幕跑到他面前去。

「我撐不下去了。」

「我覺得自己很沒用。」

他哭得像個沒有拿到第一名的學生，重複說著貶低自己的話，不肯甘休。

我嘗試放低聲音，儘量讓自己的語氣溫柔一些，安慰他：「不啊，我覺得你超厲害的。」

沒想到聽了這話，他的反應更大了，聲音也比之前大了好幾倍。

「我這一章就看了好幾天。」

「太難了，我真的看不懂。」

他哭得越來越凶。

「我不可能考過了，書看不完了。」

男朋友正在家裡準備考試，而現在距離他正式考試只剩十幾天了。為了這場考試，他準備了半年多，每天下班回家後就窩在書桌前看書。

我甚至取笑過他，說他這架勢比考大學還努力。

但我沒有想過，平常那個可以做我的靠山、幫我解決大部分難題的男朋友會為了考試而崩潰大哭。

果然，男生也有脆弱的一面啊。

■ ▫ ■

一種無力感向我襲來，面對他的窘境，我好像什麼也做不了。

在這段感情中，容易脆弱的人一直是我，男朋友始終是那個不會露怯的角色。

記得有一次，因為操作失誤，我手機裡的兩萬多張照片都消失了。

當時他就在我身邊，我直接崩潰大哭。我不停地跟他念著那兩萬多張照片有多重要，是我好幾年的回憶。

他一邊替我擦眼淚，一邊查資料看有沒有恢復的方法。

任憑他怎麼勸說，我也不聽，只是一個勁地大哭。最後哭累了，我坐在床邊發呆，他拿著溫熱的濕

毛巾給我敷眼睛。

他說：「這樣眼睛就不容易腫。」

後來再想起這件事，真的覺得自己好幼稚，我怎麼會那麼脆弱呢。

■ ■ ■

就在男朋友放聲痛哭的時候，我心裡有了答案。

在喜歡的人面前，沒有脆弱一說，因為那個人會包容你所有悲傷的情緒。你會哭，不是因為你脆弱，而是有個人在保護著你，讓你敢於哭泣。

當我趕回家時，男朋友已經不哭了。

他筆挺地坐在書桌前，繼續啃著他那本難啃的教材。

看見我的時候，他已經哭得疲憊的雙眼一下子就亮了起來。

我說：「你不要給自己太多壓力，考試的機會還有很多。」

「今年準備了這麼久都考不過，以後更不會了，我怕你看不起我。」他的語氣一下子變得低沉。

「怎麼會看不起你呢！」聽他說完，我有點生氣，覺得自己被誤解了。

他大概也意識到自己沒有說清楚，解釋了一番：

「我不希望自己在你面前有什麼失敗，我覺得那很難看，我是男生啊。這個考試很重要，沒有考過就沒有自信換更好的工作，我不希望我們的未來是沒有信心的。」

聽完他的解釋，我開始笑了：「那你在我面前哭，好像也有點難看耶！」

他噗哧一下笑出聲來，讓我不要拿他哭開玩笑，然後緊緊地抱住我，像隻小貓一樣把頭往我肩膀蹭。

我開玩笑說：「不准用我的衣服擦眼淚。」

於是，他把我抱得更緊了。

■◈■

其實，那一刻我很想告訴他：「既然是『我們的未來』，那就意味著所有的責任應該是我們一起去扛的。」

可能很多男孩子都像他一樣，喜歡把很多重任往自己身上攬，哪怕自己已經疲憊不堪了，也不放棄。而支撐他們這樣做的理由大概只有兩個：「我是男生」和「我愛你」。

這也許是長久以來的傳統男性教育教會他們的事。

但一個人扛久了，也會累的。

所以，再想起男朋友在我面前哭的事，我覺得很幸運。在他放縱哭泣的那一刻，我們都拋棄了所謂的

性別身分，回歸到愛人本身，成為彼此最堅實的依靠。

　　如果有男孩在你面前哭，說明他已經把你當成最愛的人了，把最柔軟的一面也展現給你了。

　　我愛的那個男孩，他可以不用頂天立地，受了委屈也可以撒嬌、耍小脾氣，可以哭哭啼啼。

　　男朋友生日那天，我們沒有訂數字蠟燭，而是買了一根仙女棒。

　　他拿著正在燃燒的仙女棒，開心得像個小孩。

　　我擺弄著相機，要他趕快許願。

　　他說，早就許好了。

　　「願望是希望你每天都比我開心。」

　　什麼是愛呢？

　　分享我在網路上看到的一段話：

　　小張受的委屈多了，老天心疼小張，就派小李點著小燈去點亮小張的生活，順便陪小張開心到老。

在喜歡的人面前，沒有脆弱之説，

因為那個人會包容你所有悲傷的情緒。

你會哭，不是因為你脆弱，

而是有個人在保護著你，讓你敢於哭泣。

我就像
逛超市一樣喜歡你

　　我是名副其實的超市愛好者，常常去超市買一大袋東西回家，冰箱裡放一點，廚房裡放一點，房間裡放一點……鼓鼓的購物袋很快就空了下來，這些東西填滿了唯有自己知道的家的縫隙。

　　在外生活這麼多年，每一次搬家，我都會選擇離超市很近的地方。

　　超市總讓人倍感親切，親切到彷彿覺得這座鋼筋水泥的大城市都變小了，小到能聞到街頭巷尾飄蕩著的人情味。

　　糾結著可樂要瓶裝還是易開罐，上次想買的東

西有沒有打折，貨架上七零八散的零食是否正合口味……

這裡有柴米油鹽醬醋茶，琴棋書畫詩酒花，形形色色的物品間來來往往形形色色的人，足以撐起一個細水長流的清歡生活。

看人間煙火，看忙忙碌碌，這比什麼都療癒心靈。

每一次心情不好的時候，我都會去超市逛一圈。

燈光下五顏六色的水果和蔬菜像是有生命的，冷藏櫃裡的果汁和優酪乳排列整齊等待被選中，特價區有成箱的大瓶可樂和雪碧，玻璃櫃中的麵包暖烘烘的……每一樣物品都與自己的生活息息相關。

慢慢走，慢慢挑選，彷彿與這些物品正在構建著漫長且穩固的親密關係，在某些時刻令人心安。

那些熬夜、透支身體的罪，似乎可以透過購物車裡裝著的新鮮果蔬而得到救贖。

我還喜歡買東西的時候和老婆婆交流，向她們請教怎麼挑選食材，問她們魚怎麼做才好吃。她們都會很熱心給我解答，還幫我挑選。一個人在外的生活在這些時刻感覺很溫暖，就像家人在身邊一樣。

那些穿著拖鞋和休閒服的人們，慢悠悠地挑選、排隊結帳，聽他們親切的交談聲，也並不覺得自己是

在離家很遠的地方。

　　我最喜歡的還是超市的試吃，男女老少都會排隊等著一份美味，吃到胃裡，溫暖而滿足。

　　短暫逃避現實的時光還藏在了手撕雞和牛肉蓋飯的味道以及糖炒栗子的甜蜜裡了。

　　那種陷在情緒裡的孤獨感被一點點稀釋，而且讓人感覺全世界的不開心都可以放一放。

■ ■ ■

　　有人說，超市是都市人的平價遊樂園。

　　誠以為然，逛一圈超市下來，總能感覺元氣回升，毫無壓力，不需要買很多東西，心裡也會滿滿當當。

　　沉浸在超市特有的日用品和食物混合的氣味當中，如遊樂園般擁有著觸手可及的及時滿足，這種小成本的快樂，接受得那麼容易，慶幸自己有這種接受的能力。

　　我喜歡逛超市，也和我去一座城市最喜歡走那些很老的路一樣，即使孤身一人也像周圍擠滿了人，熱鬧卻不喧鬧。

　　超市裡每天上演著普通的人生片段，尤其是特別早或特別晚的時候，能看到各式各樣為了生活奔波的

人。

　　打折的商品前擠滿了人，以前是老年人，現在也有不少年輕人。

　　有一次看到一個女生突然賭氣把手裡的冰淇淋摔到了地上，頭也不回地往前走。她的男友背著她的小皮包，尷尬地撿起冰淇淋，匆匆扔進垃圾桶，又慌忙追上去。

　　拾不起的殘留融化後不知所措地向著各個方向流去，很快就會被生活的步伐所覆蓋。

　　那一刻我想，如果用一個下午心無掛礙地觀看這些普通的人生片段，是一件多麼美好的事啊！

■ ■ ■

　　和喜歡的人一起逛超市一直是我心目中溫暖行為的前三名。

　　和喜歡的人在一起的快樂有兩種：一種是一起看電影、旅行，一起看星星、月亮，分享所有的浪漫。

　　還有一種則是分吃一盒冰淇淋，一起逛超市，把浪漫落在所有和生活有關的細節裡。

　　所以我喜歡拉著珍貴的人去逛超市，這就是就算虛度也不會覺得遺憾的時光。

　　以前看過一部電視劇，男女主一起逛超市，男主

拿出一顆花椰菜向女主求婚。

如果我沒記錯的話何以琛和趙默笙的重逢就在超市吧。

兩個人在購物的時候總會下意識考慮一個小時以後的晚餐，或未來幾十年的生活。

不喜歡吃辣的人開始考慮買有辣味的食物，原本對某一種食物完全不感興趣也會細緻地去查看保存期限，然後笑笑和你說：「這個不可以放很久，所以你忙的時候要記得及時吃掉。」

我覺得好的戀愛就是漸漸有過日子的感覺。

人活著，不過是為了衣食住行。生活，也不過是為了給自己挑選衣食住行。

超市裡的每個物品、每個人都在積極地存在著，開不開心都去走一走，把自己扔進去，像投入了蓬勃的生命裡。

最療癒生活的還是生活本身。

最浪漫的事還是和喜歡的人一起逛超市啊。

和喜歡的人在一起的快樂有兩種：

一種是一起看電影、旅行，

一起看星星、月亮，

分享所有的浪漫。

還有一種則是

分吃一盒冰淇淋，一起逛超市，

把浪漫落在所有和生活有關的細節裡。

心裡的小孩

　　男朋友終於收到了我在網路上買給他的情人節禮物。

　　禮物在倉庫待了大半個月，然後兜兜轉轉，又經歷封城、快遞進不去等一系列事件，最後才到他手中。

　　拆完禮物，他激動得不行，立刻打電話告訴我他有多喜歡。

　　我說：「你現在興奮的樣子就跟小時候我收到小熊玩偶一樣。」

　　他說：「因為我真的好喜歡啊。」

　　我送給他的是一套樂高積木。

．．．

有次我們吃完晚飯，去附近的商場散散步消化一下。

他遠遠地看見一家樂高專賣店，說想去逛逛。

到了店裡，他興致勃勃地跟我介紹起貨架上那些款式，然後略微遺憾地說：「我最喜歡的那款積木這裡沒有貨。」

一聽是他最喜歡的，我立刻央求他告訴我是什麼樣式的，想著以後要送給他。他也沒多心眼，直接打開了網購APP給我看，我接過手機暗暗在心裡記下了貨號。

店面不大，我們卻逛了很久。

我好奇地問：「我每次看到包裝圖案就覺得好難哦，拼著拼著就想放棄，你怎麼那麼喜歡拼積木呀？」

他一邊擺弄著模型一邊說：「就是覺得很好玩，拼的時候還可以想像劇情，跟小時候扮家家酒一樣。」

像扮家家酒？

我突然覺得他比我想像中還要更小孩子一點。

．．．

男朋友對玩具的執念勝過我對絨毛玩偶的喜歡。

他可以為了套餐附送的皮卡丘玩具坐半小時地鐵去吃一次肯德基。如果店員贈送的不是他最喜歡的那一款，他會選擇再吃一次。

每次他都會把買來的小玩具放在口袋裡帶回家，然後跟我說：「我有一個裝滿玩具的口袋。」

雖然他看起來好像很執拗，但更多時候我都覺得他好可愛。

他一百八十幾的大個子和可愛的行為顯得有點不搭，就像成年人的軀體裡住著一個小孩。

我問他什麼時候才會把樂高積木搭起來，他回答：「要等心情很好的時候或者心情不好的時候。」

玩玩具也要挑時間嗎？

他倒是認真地跟我解釋了一番：「工作之後都沒什麼時間玩玩具了，每次玩的時候都希望可以專心一點，這樣我才能好好享受玩具帶來的快樂。」

我想，這並不是我男朋友獨有的一面。

很多男生長大了還愛變形金剛，很多女生成年了也喜歡芭比娃娃，這一點都不幼稚。

■ ■ ■

在家的這段時間，我惡補了很多電影，甚至一天

內看完了《玩具總動員》系列。

看著看著我就想，如果我的玩具也有生命會怎樣。

兒時放在我床頭的那些玩具是不是也像胡迪和巴斯光年那樣鬧過彆扭，是不是和好後也想著要好好保護我。

胡迪和其他玩具一直陪伴著安迪，深受他的喜愛，最後卻逃不過被放進閣樓的命運，因為安迪長大了。

最後看到安迪即將進入大學，選擇把胡迪和其他心愛的玩具全部交付給一個小女孩的時候，我紅了眼眶。

自我成年後，兒時的一些玩具都被媽媽堆放了起來，她本想扔掉，但被我攔了下來。

其實安迪也和我一樣捨不得扔掉兒時的玩具。

■ ■ ■

我們總以為長大後就不需要玩具了，然後努力奔赴成人世界。

可成人世界並沒有想像中那麼好。

在成人世界裡跌跌撞撞、灰心失落的時候總會渴望一個擁抱、一句安慰或是一次陪伴。

然而，我們渴望的這些都不會如期而至。

即使是二十來歲的人了，我過生日的時候還是會收到毛絨玩具。

好像在朋友眼裡，我還是很需要玩具的陪伴。

我依然會把絨毛玩具放到我的床頭，而這個行為的出發點就跟小時候一樣——讓它們陪我睡覺。

偶爾加班到很晚回家，打開房間的燈，看見玩偶癱倒在床上，心裡總有種被等待的感覺。

■ ■ ■

成年人的心理有時比小孩子還脆弱。

男朋友將蓋積木視為減壓運動，每每工作不順心之餘一定要把自己關在房間裡玩半小時積木。

用他的話來說就是，玩玩具並不是在浪費時間，反而是珍惜現有的時間。

的確是這樣。小時候玩玩具像是消遣，長大後玩玩具卻是為了療癒。你能確定在那些時間裡自己做了什麼，並且獲得難得的滿足感與成就感。

曾經聽很多人去定義大人與小孩的不同，好像大人就該這樣做，小孩就該那樣做，界限分明。

可我越來越意識到，其實很多成年人的心裡都住著一個小孩。而小孩的一面只有在真正愛著的人面前

才會顯現，可能是因為確信能夠被理解和包容。

我問男朋友：「那你每次拼完積木是什麼感覺？」

他說：「像是童年的城堡再次建成，我又成為了小王子。」

我想，雖然歲月在不斷磨平我們的棱角，心裡的那個小孩卻還是不想長大。

人總要長大的，偶爾發現有人願意把你當作小朋友一樣去愛，是一種奢侈的幸福。

遇到真正愛你的人，會感覺全世界只有我沒長大啊。

我們總以為長大後就不需要玩具了，

然後努力奔赴成人世界。

可成人世界並沒有想像中那麼好。

在成人世界裡跌跌撞撞、灰心失落的時候，

總會渴望一個擁抱、一句安慰

或是一次陪伴。

然而，我們渴望的這些都不會如期而至。

生活不允許
普通人內向

　　阿七是一條很內向的魚，她害怕跟其他魚接觸。

　　這天她很不幸地被抓住了。她本來很拚命地要逃出漁網，但是因為太胖了掙脫不了。

　　她很後悔以前沒聽媽媽的話減肥。又轉念一想，就算減肥成功，也有更細小的網等著她吧。

　　「世事如網，光改變體型有什麼用。」於是阿七想開了，活著太難了，被漁夫捕獲了，未嘗不是一種解脫。

　　然後阿七就開始想像漁夫會怎麼吃她，是清蒸，還是和豆腐一起燉，她希望是前者，因為她不喜歡豆

腐的味道。

突然，阿七的眼中閃過一絲恐懼：「如果漁夫不吃我，只是抓了我拿去市場賣怎麼辦？和那些陌生的魚擺在一起不知道聊什麼好啊。」

阿七越想越怕，越想越怕，最後她想到了解決的辦法。

在漁夫把她帶回家的時候，她毅然決然地跳近了漁夫家的鍋子裡！

這個故事來自漫畫《困在漁網中的鯽魚》。

困在漁網中的阿七一點都不擔心自己的「魚身安全」，而是在不確定漁夫是否會把牠拿去市場賣的時候，就開始焦慮和那些陌生的魚待在一起不知道聊什麼好。

看著這條魚，我覺得她太像以前的我了。

■ ■ ■

知道我曾經內向到什麼程度嗎？

看到人不知道該不該主動打招呼乾脆假裝沒看到，害怕和別人對視，說話的時候不敢看別人的眼睛，不敢和陌生人聊天，很難融入群體中。

當眾講話、唱歌會發抖，臉部肌肉會抽搐；吃飯不敢點餐，服務生態度差一點，就會讓我臉紅，感覺自

己出醜了。

去超市不敢試吃東西；去美髮沙龍剪頭髮完全不想跟設計師交流，只想著趕緊剪完回去，所以設計師的推銷完全沒用。

總想在人多的地方變成透明人，害怕別人竊竊私語是在說我，一定要戴耳機才安心。就連上公共廁所的時候，聽到外面有聲音都要再蹲一會。

我真的好羨慕那種各種社交場合都應付自如的人，什麼話題都能聊得來，迅速和大家打成一片。

我不行，一有陌生人的場合我就安靜如雞，不會說話，更害怕別人拋話題後讓我接話。

之前看到有人說：「世界上不同的人千千萬，為什麼要讓我收起內向，假裝外向？」當時覺得說得真對，直到現在又看到一句話：「生活不允許普通人內向。」

是啊，這才是現實！我本可以忍受孤獨，只是生活不允許普通人內向。生活硬生生把我這個社交恐懼症患者變成了必須跟各種人打交道。

在一些社交場合，內向的人會被人說傲慢，也會被很多人說上不了檯面。

我和你不熟，所以我和你沒什麼可說的。這麼正常的事情在有些人看來變成：「哎，XX是不是有問題

啊？上次大家一起玩她都不說話。」

最可怕的是，找工作面試的時候強迫自己健談真的累。

「說出五個你的優點」或者「你有什麼比其他人強的優勢」這種問題，每次我都啞口無言。

大學畢業後，面試了幾家公司，人資都跟我說：「你太安靜了，太格格不入了，我覺得你不適合團隊合作……」

■ ■ ■

當然更可怕的是，我當了業務。

直到現在，我都認為業務是這個世界上最令人害怕的工作。

我有個大學室友，屬於外向型的，大學實習她帶我去做業務，說是要我挑戰自己。

然後受了一肚子委屈，感覺我空有一肚子文史知識，根本沒有人理我。

而我那個室友和陌生人溝通起來就像喝水一樣簡單，尤其是在酒桌上得心應手，左右逢源，從開場聊到結束，自己沒怎麼喝，還把每個人都敬得服服貼貼的！

那些混得風生水起的女孩子們，哪個不是積極自

信，明媚勇敢啊！

　　我之所有內向怯場，大概也是我沒自信，認為自己不夠優秀。

　　雖然道理我都懂，我還是像春夏說的「萬物都愛我，也都恨我不爭氣」。

　　我始終不習慣把生活的點點滴滴暴露在眾人眼前，不爭氣地只想待在自己的小天地裡。

　　只是，我以前還聽過一句話，影響了我許久：「內向不是一種缺陷，只是性格的一種。」

　　所以最後教大家一個社交技巧：每句話後面加一個「呢」字，長期持續這麼做，你就會變得陰陽怪氣，沒有朋友。

　　再也不需要假裝外向了呢！

我本可以忍受孤獨，

只是生活不允許普通人內向。

這是我摘給你的月亮

　　我已經在夜空中看著空無一人的街道接近兩個小時了。

　　原本熱鬧的城市裡，看不到人來人往，也沒有車水馬龍，多的倒是覓食的流浪貓。

　　我好懷念人類總是把情感寄託在我身上的時光。

　　思念心上人的時候，他們會說：「思君如滿月，夜夜減清輝。」

　　他們還會這樣和心上人表白：「把路燈掛在天上，把月亮偷給你。」

　　其實啊，不管人類說什麼，我都知道，月亮只是隱

喻，所有本體都是心上人。

我好後悔啊，以前我總是故作高傲：「我可承載不了你們人類莫名其妙的感情。」

像極了《小王子》裡虛偽又做作的玫瑰，在小王子離開之際，一遍一遍地問：「你真的要走了嗎？」

所以，現在有人可以抬頭看看我嗎？我一定不再假裝逃走了。

我會很乖的，只要你們抬頭看我，就會發現我一直在跟著你們。

你們走，我就走，你們停，我也停。

■ ■ ■

唉……好孤單。今晚，星星也沒有幾顆，連個說心事的朋友都沒有。如果再沒人理我，我也走啦。

等等——啊，我好像看到一個小女孩從她的房間的破舊窗戶裡探出了小小的腦袋。

沒錯，她正眨著水靈靈的大眼睛看著我呢。

她竟然用手機替我拍了照片，我好意外，又好氣啊。

人類製造出來的手機相機夜晚畫質那麼差，不行，我得趕緊使出全身力氣發出最亮的光。

「在嗎？出來看月亮。」她把我的照片傳給了一個

男孩。

哈哈哈，我在心裡默念，快出來看我，快出來。

「喏，這是我摘給你的月亮。」男孩發來了這樣一行字。接著，聊天記錄裡又出現了同樣一款月亮。

此時此景，我發現如果不能一起看月亮，看同一個月亮似乎也不錯。

■ ■ ■

我知道人類在等，等一切都恢復正常。

那個時候，就可以見到心上人了，他們一定會把月亮摘下來捧進水裡吧。

水面彈起波紋，一圈一圈把所有藏在月亮裡的想念，全都漾出來，對方就不會察覺到了。

就像有句話說得那樣：「我不看月亮，也不說想你，這樣月亮和你都被蒙在了鼓裡。」

其實，月亮什麼都知道，但它會幫人類瞞盡心事。

月亮當然還知道，立春之後的夜晚，流浪貓會竄上屋頂。

其中有一隻貓暗自操控著城市裡的電線，做成網，捕一個發光的月亮，然後藏進社區的垃圾桶裡。等同伴回來，這隻流浪貓就會把月亮拿出來，漆黑的樹蔭也會變得亮亮的。

其實，我也沒有那麼萬能，我也很普通。

我只是一個被隕石砸得坑坑窪窪的星球，反照率大概只有 7%，大塊大塊低窪的平原，憂鬱黑暗，被稱為月海。我反射過來的光，很安靜、很動人，足以照亮人類的夜晚。

我更不是獨一無二的，我想告訴大家的是，世界上其實有兩個月亮。一個是圍繞著人類的星球，和星星、宇宙、銀河一樣，我們是溫柔浪漫的本體；另一個需要你自己去尋找，你也不知道它長什麼樣，在什麼地方。

而當你找到了生命中為你爬上月亮的那個人，他就成了你生命中的月亮。

■ ■ ■

探出頭的那個小女孩找到了自己的月亮。

他們一直聊天，訊息傳來傳去，似乎一點睡意也沒有。

凌晨兩點，我將月光灑進了女孩臥室未閉合的窗簾縫裡。

窗簾掀動起來，灑進去的光就多一些，女孩單腳踩在那道月光上，快樂得想要跳一支舞。

她對男孩的喜歡啊，好像要沿著那道月光，從窗

戶那到我這，再繞回去。

　　日語裡，喜歡的單詞叫做すき (suki)，月亮是つき (stuki)，所以說每一個月亮都藏著一份喜歡啊。

　　「喏，這是摘給你的月亮。」當有人對你說這句話的時候，或許你就找到了那個願意為你爬上月亮的人啦，那是屬於你的月亮。

　　有空和我去看個星星、曬個月亮嗎？月亮和星星沒空的話，那我們就去路燈下站站，如果你有空的話。

世界上其實有兩個月亮。

一個是圍繞著人類的星球，

和星星、宇宙、銀河一樣，

我們是溫柔浪漫的本體；

另一個需要你自己去尋找，

你也不知道它長什麼樣，在什麼地方。

而當你找到了生命中為你爬上月亮的那個人，

他就成了你生命中的月亮。

PART 5

祝這世界繼續熱鬧，
祝我依然是我

我總不能辜負自己吧

我向來將上班視為生活裡的一種小割裂。

那些對著電腦苦思冥想、抓破頭皮的場景時常讓我麻木。

到了窗外天空微微暗的時候，我內心會升起一種期盼。

這種期盼很像小時候等著放學，下課鈴一響，從抽屜裡拿出書包，當自己是有著風火輪的哪吒，頭也不回地衝出校門。

期盼放學的人總比喜歡上課的人多，期盼下班的人也比喜歡上班的人多。

下班時間一到，大家的臉上也逐一洋溢出笑容，像是終於呼吸到新鮮空氣似的。

踏出辦公大樓門口的那一刻，我感覺自己像是踩著雲朵行走的人。

終於柔軟起來。

■ ■ ■

從公司到我的家搭計程車只需十分鐘，坐地鐵的話卻要繞來繞去，換乘兩次，花上半個小時。

但我基本上都會選擇坐地鐵回家，拉長在路上的時間。

這種心態很像小學生在放學回家路上流連，路邊一株長歪了的小草都會讓他感到有趣。

我也的確為路邊的油菜花駐足過。

那是長在幼稚園內的一叢油菜花。

幼稚園外邊圍著一圈防護欄，幾株油菜花向天生長，像是在比個頭，還有一株油菜花探出了頭，突破了那道孩童世界與外界的屏障。

我隨手拍下一張照片，發給男朋友。

沒過多久，他回了四個字過來：自由生長。

他的回覆有點一語驚醒夢中人的意味。

原來我是被那幾株油菜花自由生長的精神打動了。

想來也是，從小到大都在喊著「若為自由故，兩者皆可拋」，長大了卻不知「自由」是何物。

曾聽聞有人開玩笑說自己是自由而無用的靈魂，我笑了笑，然後想到自己。

我們所擁有的自由大多都是被限制過後的、自以為是的自由。嚮往自由才是生活的常態吧，就像那株油菜花。

■ ■ ■

坐地鐵的時候我很少玩手機。

坐個一兩站就得下車，然後走上漫長的換乘路，這樣就會掃了滑SNS或是聊天的興致。

我不敢光明正大地盯著別人看，往往頭靠著椅背，佯裝疲憊的樣子。

有次我看見一位「可口可樂男孩」。

他穿著印有「cocacola」的內搭T恤，身上背著可樂樣式的背包，就連襪子也是相同的印花。

我覺得很好玩，想起一位喜歡百事可樂的老友，想像她在我面前吐槽可口可樂的樣子。

其實我很羨慕那位可口可樂男孩。能夠隨意地穿自己喜歡的東西一定是令人豔羨的吧。

我是個很在意別人目光的人，最直接的表現就是穿著上的小心翼翼。覺得自己皮膚不夠白，看中的衣服顏色太鮮豔就忍痛放棄；卡通人物聯名款的T恤對於上班族來說過於跳脫，買了也不敢穿……

外表如此，內心甚是。

平常做事總習慣性地去考慮這個考慮那個，想要獲得所有人的滿意，也許我生活裡百分之五十的沉重感來自這種自我苛求。

我在手機裡建了一個名為「人間收集」的相簿，希望下一次，可以遇見雪碧男孩、芬達女孩或是其他有趣的人。

結果今天就遇到了。

■ ■ ■

昨晚下雨，下班後選擇乘坐地鐵的人要比往常多。

一上車，我便被擠到了邊角的位置。

坐在我面前的是一位病人。

她穿著厚厚的棉襪式睡衣，胸前掛著某醫院的陪病證。

只見她左手手腕上貼著白色膠布，微微彎曲，把雨傘夾在身上，然後右手翻動黏貼條，努力想要把雨傘折疊起來。

我說：「我幫你弄吧。」

她抬頭看著我，輕聲說道：「沒關係，我在鍛煉自己的手，謝謝你呀。」

一時之間，我不知該如何回答，總覺得自己冒犯了她。

下車的時候，人潮湧動。

她側了一下身子，用右手扶住放在座位邊上的折疊輪椅。我想，因為走動的人多，她擔心輪椅倒了耽誤到大家吧。

走在路上，我忍不住一遍又一遍回憶這件小事，它並沒有告訴我什麼道理，甚至讓我有些內疚。

我害怕自己在無意中散發出一種同情，害怕我的一個小舉動有傷害到她。

但我知道她一定很快就會康復的，嗯。

■ ■ ■

下班後的生活太有意思了，大家都在趕了一天的快節奏後有意放緩腳步。說是人間百態，其實也不盡然，不過，那一定是一天中最放鬆、最真實的時刻。

有次我靠著地鐵車廂最邊邊的玻璃打瞌睡，迷離之間瞧見坐在對面的中年男人用食指輕輕彈了一下靠在他身上熟睡的妻子，提醒妻子要下車了。

想起小時候和玩伴之間玩彈腦門的遊戲，從不用力，而是小心再小心，生怕弄疼了對方。

那位妻子像乖小孩一樣醒來，然後他們手拉著手下了車。

我想，那天她一定很疲憊吧。

以前我對愛的理解與渴望就像那句話所說的——「疲憊生活裡的英雄夢想。」

如今，我覺得愛可以是疲憊生活裡的英雄夢想，也可以是疲憊生活裡的一點溫柔。

遇見把鮮花插在背包一側的女孩時，我滿是欣喜，忍不住跟在她後頭拍了好幾張照片。

真可愛啊，我小聲地說。

也許她也是剛下班，還沒掃去一身的疲憊就得趕著回家。

也許是買給自己，獎勵自己一天的辛勞。

也許那束花是她在路上買的，為的是給自己一份好心情。

溫柔的人走起路來連步伐也是輕盈的。

■ ■ ■

我很喜歡的一個KOL在去年年底寫了這樣一句

話：「我開始明白生活有時候不需要你去思考，只需要你去感受。」

很多時候我也總是思考一些問題，企圖擴大自己的認知範圍，看見更大的世界。

現在才明白，想看見更大的世界要從身邊開始。

生活需要我去感受，需要我與身邊的事物擦肩而過。

二十一歲的時候，我便感受到了生活總是充滿波折。如今已過二十一歲，我接受生活是個千錘百鍊的過程。

但我知道，我還會繼續感受下去，去憎恨，去熱愛。

雖然不一定每天都很好，但每天都有些小美好在等我。就像會遇見可樂男孩、雪碧男孩、輪椅女孩和鮮花女孩……人生總有不期而遇的溫暖，和生生不息的希望。

所以我怎麼能辜負自己呢。

現在才明白，

想看見更大的世界要從身邊開始。

生活需要我去感受，

需要我與身邊的事物擦肩而過。

愛自己是終身浪漫

前幾日整理SNS，發現「關於」那一欄赫然保持著幾年前寫的文字：我是你房間裡的月亮。

依稀記得以前很喜歡這句話，感覺浪漫又靜謐。

也許那時候的自己正愛著某個人，想用自己微弱又溫柔的光陪他度過幽暗長夜吧。但隱約又記得這句話另有深意，於是再努力回想追溯一下。

我似乎一直對成為愛人的「月亮」有一種莫名的執念。

月亮不是恆星，不會自體發光，它的光亮皆是反射太陽光。

嗯，真相大白了，總想成為月亮的原因，是想有一個小太陽能夠在我身邊發光發亮。

■ ■ ■

我在青春期看了太多傷痛文學，所以總覺得自己是不完整的殘缺少女。也不是斷手斷腳真的缺了一塊，主要是心靈上的不完整，需要感情來填補，俗稱缺愛。假裝自己是玫瑰花，等待小王子來馴服；以為自己是一根漂亮的肋骨，一生只為了找尋專屬於我的那個身體；還幻想自己是紫霞仙子，心上人會駕著七彩祥雲來娶我。

說來說去不過三個字：被拯救，被溫暖，被熱愛，被呵護。

就像匡匡在《時有女子》裡所言：「我一生渴望被人收藏好，妥善安放，細心保存。免我驚，免我苦，免我四下流離，免我無枝可依。」

小時候剛看到這句話就被一下擊中，感覺驚豔又溫柔，默默地抄在了本子上，時不時拿出來看一眼直至倒背如流。那時候也看瓊瑤寫的小說，想做棵菟絲草，讀到這樣的句子就覺得很美。

好像一句話就寫盡了我一生的渴望。現在略經世事，漸漸體會到這句話的不對味。

小時候渴望成為的竟然是一件物品，一隻寵物，一根漂亮的肋骨。人生的終極目標是找尋亞當，靠近他，依附他，被悉心照料、妥善安放。說來說去，竟是想成為愛人的附屬品。而不是作為一個完整的個體，獨立存活在這個世界上。就像簽名裡寫的一樣，我只想做月亮，從未想過讓自己成為一個發光發熱的小太陽。

　　是什麼時候夢想破滅的呢？

　　恐怕是經歷過幾次失望，輾轉過幾張雙人床，才知道匡匡那句話還有下半句：「但那人，我知，我一直知，他永不會來。」

■ ■ ■

　　這個世界上有太多暖暖的情話，告訴我們要等待愛情，找尋歸宿。

　　彷彿既定規則就是，每個人在遇見命中注定的另一半前都是不完整的。我們把這些句子視若珍寶，深深牢記在心裡，把找尋另一塊拼圖當作人生使命。可從呱呱墜地那一刻起，我們明明就是一個獨立的個體，一個完整的人。

　　小時候學舒婷的〈致橡樹〉，文末赫然寫著「朗讀並背誦全文」。因此討厭透了這首詩，也琢磨不透它的

深意。

　　長大後了解了愛情才明白，小時候讀不懂的那些詩究竟在說些什麼。

　　雖然我自己動筆見絀，但〈致橡樹〉真真切切寫出了我的愛情觀，和我對自己所期望的男孩子的最高要求。

　　不需贅言任何東西，它已經表達了全部。

　　自此也想做一株木棉，站在橡樹身旁，一起分擔寒潮、風雷、霹靂，共用霧靄、流嵐、虹霓。

　　彷彿永遠分離，卻又終身相伴。

　　我跟你肩並肩站在一起，不依附你，也不會攀附你，更不會一廂情願地奉獻或者施捨，我們共擔風險，共用繁華。

■ ■ ■

　　每個人就像是形狀不同的幾何圖形，在布滿碎片的世界中，尋找著契合自己的另一半，期待形成一塊新的圖形。

　　有些原本尖銳的人湊到一起，變得很和氣，也有些有著明顯缺陷的人湊到一起，變得完整無缺。

　　但更多的時候，我們沒那種運氣。

　　遇見一個人，儘管難以嚴絲縫合，但仍要勉強擁

抱。生活中盡是絆手絆腳的狼狽，卻堅信必須在一起，似乎只有這樣才能證明自己人生的圓滿。

那些散落在世間的幾何圖形也應該知道，三角形就是三角形，不需要為愛上圓形而磨平自己的稜角。

人總要先成為完整的自己，才有資格去做愛人。

有能力愛自己，才有餘力愛別人。

愛自己才是終身浪漫。

我跟你肩並肩站在一起，

不依附你，也不會攀附你，

更不會一廂情願地奉獻或者施捨，

我們共擔風險，共用繁華。

公車的 最後一排

在一本書上看到王俊凱說，他喜歡坐在公車內最後一排靠窗的位置，戴著耳機，默默地看人上車、下車。

於是，我發現這個世界上有很多人像我一樣喜歡這樣的溫柔。

喜歡在固定的時間坐在公車的最後一排，看著窗外的風景和行人，偷偷地把手伸出一點去感受風劃過指尖的愉悅，耳機裡放著喜歡的歌……

這一刻，世界是我的，我誰也不羨慕。

這個習慣到底是什麼時候開始的呢？

我也記不清了，大概是因為高三那年的很多個週末，我常常一個人從學校坐車回家吧。

　　我常常到樓下的公車站，坐上老舊的公車，一直坐到終點站。

　　有時候坐車的人少，我會直奔最後一排靠窗的位置。然後自私地無視前面擁擠的乘客，暗自說，對不起大家，我只想坐在這。

　　我喜歡坐著公車在城市裡轉，喜歡一個人看過往的人……

　　從終點站回家的路上，我會中途下車，從天橋的一頭走上去，呼吸一下上面的新鮮空氣（新鮮也不是因為乾淨，因為那是我不常到達的海拔），然後從另一頭走下去，到下一站等下一輛公車。

　　我避免被人看到我的這種行為，怕被認為是神經病，也自以為那是一點點浪漫。

　　有時候下起雨，車窗玻璃的外層有雨水在彎彎地流淌著，內層則結了一層薄薄的霧，路上的行人行色匆匆又若隱若現，那是我更喜歡的氛圍了。

　　於是，我希望公車一直行駛，沒有終點……

■ ■ ■

　　後來我到了陌生的城市，也在不知不覺中延續著

這個習慣。

　　夜幕降臨，坐上一輛車，霓虹閃爍，路燈像一隻隻微笑的蜻蜓，從我眼前飛過。穿過大街小巷，好像與這座城市的距離也拉近了很多。

　　但這些以前覺得美好的東西突然變得讓我害怕。

　　萬家燈火沒有一處屬於我，沒有一盞燈是為我亮的，上車或下車結伴同行的人群，要麼是戀人，要麼是親人，要麼是朋友，而在這座城市裡我像是孤獨的愛麗絲……

　　一個人靜靜地坐著，打開窗戶，同樣是從第一站坐到最後一站，像是坐在一條飛行在城市上空的鯨魚的肚子裡，耳邊只有海水的聲音……

　　熱鬧是他們的，我什麼都沒有。

　　一年後我遇到了當時的男朋友，我們都租住在離公司很遠的地方，要坐同一班公車一個小時，不過是完全相反的兩個終點站。

　　那天晚上我加班，他來我公司等我，說要先送我回家。

　　我們幸運地趕上了末班車，踏上車門之後，不約而同地走向最後一排。

　　坐下來沒一會兒，我就開始打瞌睡，他好像感覺

到了我的倦意，輕輕地攬過我的肩膀說，睡一會吧，到家了我叫你。

我就這樣把頭輕輕靠在他的肩上，沉沉地睡了一路。

以前我喜歡遠距離戀愛，抱著手機甜言蜜語。可是那一刻，我想努力和他在一起，相互依偎……

不過後來我才意識到，在很多事情上都可以努力，但在人和人之間的感情上卻不行，方向相反的兩個人注定會漸行漸遠。

我們分開後。在同一座城市，我再也沒有坐過那輛車，也再沒有遇見過他。

書上說，人不能錯過兩樣東西，最後一班回家的車和深愛你的人。可它卻沒有說，如果不小心錯過了，該怎麼辦才好。

也是過了很長時間之後，我才明白原來能遇到讓你真正感到心安的人，是一件多麼幸運的事情，遇到了就一定要好好珍惜。因為在我們短暫的一生中，並不是每一段路，都會有人陪你安心地走下去。

■ ■ ■

我曾經看過日本有個關於「一個人的車站」的故

事，感動了很久。

在北海道旅客鐵道石北本線上，有一個叫「上白滝」的車站。

幾年前，由於乘客太少虧損嚴重，JR北海道計畫關閉這個車站。但後來發現還有一名高中女生，需要每天乘坐這趟列車上下學。

於是他們決定專門為女孩保留下這個車站，但不設賣票設施，也沒有站長。

直到二〇一六年三月女孩畢業，上白滝站才正式關閉，結束了多年虧損的局面。當天，日本電視臺直播了小站的關閉儀式，不少民眾自發前來進行最後的告別。

這是一個很溫暖的故事，每次想起來，都覺得能被世界溫柔以待的人很幸運。

可是轉念一想，我又有點難過，在這個小小的月臺，只有一個人默默等車的那些年，女孩該是怎樣的孤單呢。

其實，能夠一個人坦然度過漫長歲月的人，大抵都有自己的一個小小世界，或者說，會為自己找一個小小世界。

那個世界可能不夠大，可能就是公車最後一排那

麼小的角落，卻足夠充盈，待在裡面，會有滿滿的安全感。

甚至是難過到想哭的時候，也可以安心地悄悄流淚。

前面的人在專心開車，只留給我一個善意的背影，車窗外的人也看不清我的表情，光怪陸離的風景從我眼裡掠過，沒人會在意我哭了。

■ ■ ■

當然，喜歡坐公車最後一排，也可能會遇見一些美好的故事。

有一次，我和往常一樣坐在最後排的座位。那天整個車子很空，零星的乘客散落在車廂裡，我注意到，坐在我前一排的是個學生模樣的女孩。

在女孩上車之後的一站，公車到站，廣播裡報著站名，走上來幾個乘客。車門即將關閉的瞬間，跑上來一個男生，他在車上環顧一周，發現了女孩的位置。

走到女孩身邊的時候，男孩的呼吸還沒調整好。

「這些東西給你帶著吃，不然路上會餓。」男孩喘著氣說，「啊，還好追上了。」

我坐在後面不動聲色地聽著他們說了一會兒話。他們共用一個耳機，男生問這是誰的歌，女生說阿

肆，放肆的肆，停頓了一會兒說，你喜歡嗎，這首歌就叫喜歡。

　　下一站，男孩下車了，在車起步要走的時候，男孩站在車窗外，用手比著打電話的姿勢，示意女孩到了打電話給他。

　　我坐在最後一排，像是坐在時間裡。

　　三年前的某個夏天的深夜，天氣很熱，我和我喜歡的男孩坐在公車的最後一排左邊靠窗的位置親吻。

　　現在我每到一個不同的地方，都一定要找到一個看起來很特別的公車站牌，然後走上一輛自己喜歡的數字的公車，還是坐在最後一排的最左邊，戴上耳機……

　　它通往一個我未知的地方，最後原路返回。

　　我總是在想啊，要是時間也能原路返回就好了。

在很多事情上都可以努力，

但在人和人之間的感情上卻不行，

方向相反的兩個人注定會漸行漸遠。

喜歡也是有保存期限的

年前返鄉的時候買了一罐優酪乳，想著過幾天就回來，便沒有及時喝掉，直接把它放進了冰箱裡。

結果，幾天變成了一個多月，等我再次打開冰箱的時候，優酪乳已經過期十一天了。

我繼續清理冰箱，才發現很多東西都過期了，只是平時沒注意。

保存期限只有一百八十天的醬料已經過期兩個多月，被遺忘的麵條過期十五天了，做蛋糕的可可粉也過期了八天……最後清理出一大袋子過期的東西。

清空冰箱後一直沒有再去採購，所以我去了一趟

超市。和男朋友來到超市的時候已經有點晚了，但還是有很多人。

大概是晚上的緣故，很多商品都在打折促銷，人們三五成群的圍在打折區域選購。

其實，不止中老年人會排隊買打折商品，有很多年輕人，會特地晚上過來買打折商品。能物美價廉地買到還在保存期限內的新鮮食物，對於在大城市剛剛起步的年輕人來說何嘗不是一種善意呢。

路過優酪乳區的時候，促銷員說：「美女，鮮奶打五折，可以買一瓶，很划算的。」我看了一下保存期限，還有三天，這樣一大瓶鮮奶，我確定自己喝不完，就笑著拒絕了。

■ ■ ■

其實我是個很喜歡買東西、囤東西的人，但經常忽略保存期限這件事。

直到朋友和我說，在貨架拿東西的時候要拿最裡面的，因為日期最新鮮。然後我就開始關注保存期限這件事，後來買東西不再那麼盲目了。

比如這瓶打折的鮮奶我不會買，也不會再一股腦買一堆保存期限很短的食物。因為，要在很短的時間內告訴自己把它們都吃掉，美食也成了一種負擔。

所以，每拿一件東西，我都仔細查看了製造日期和保存期限，確認沒問題後才放進購物車裡。

　　推著購物車逛遍了超市的角角落落，這些琳琅滿目的商品，被搬上貨架的時候就已經有了自己的保存期限。

■ ■ ■

　　有時候我問自己，這世間還有什麼東西能永遠不變質，沒有保存期限，就像初見般美好呢？

　　草莓果醬保存期限三年，味道有點酸、有點甜，塗在烤麵包上當早餐真的好吃。

　　櫻花易逝，但櫻花口味的汽水有二十四個月的保存期限。我總覺得「櫻花」這個詞語很美好，所以看到粉粉嫩嫩的東西，比如櫻花口味的洋芋片、櫻花口味的拿鐵、櫻花口味的汽水，都想買！

　　最喜歡的冰淇淋原來有二十四個月的保存期限這麼久。就算多屯點，男朋友也不會有意見了。

　　我喜歡瓶瓶罐罐的飲料和混合堅果穀物粒的燕麥片，因為既好看，又好吃。保存期限都是九個月。

　　有了蛋糕和餅乾，宅在家的日子就不會太差，賞味期限六個月。

　　不同產地的火腿片，一個一百五十天，一個

七十五天，整整差了一半時間呢，都買了。

還買了兩罐優酪乳，保存期限十八天。回去的路上和男朋友一人一罐，結果他喝得快，還要搶我的。

切開的新鮮水果僅供當日食用，所以我們沒有購買，而是選擇了可以存放更久的整個水果。

■ ■ ■

在超市的轉角，我看到一束枯萎的鮮花。

是啊，它們已經過了保存期限。

以前總覺得所有東西只要在貨架上，必然沒有過期，所以從來不關心製造日期與保存期限，甚至一度以為除了食物之外，多數東西都不會變質。

現在才發現這世界上只有一樣東西不會改變，就是改變本身。

正如那句話：彩雲易散，琉璃易脆。

越是美好的東西越容易稍縱即逝。

所有美好的事物都是有限定日期的。

我很喜歡「限定」這個詞，限定的季節、限定的商品……

正是因為限定，錯過了就不會再有。

正是因為限定，我們才要更加珍惜。

正是因為好看的容顏、特別的物品和一時衝動的

占有最容易過期，所以請在期限內使用或欣賞。

　　從超市回家的路上，我對男朋友說：「你知道嗎？我對你的喜歡比櫻花汽水還美好，比今晚的月亮還要明亮，所以你要小心它的保存期限會非常非常短喔！」
　　「有多短呢？」
　　「短到只要你一不要我了，它就馬上過期，會被我隨手丟進垃圾桶。」

所有美好的事物都是有限定日期的。

我很喜歡「限定」這個詞，

限定的季節、限定的商品……

正是因為限定，錯過了就不會再有。

正是因為限定，我們才要更加珍惜。

正是因為好看的容顏、特別的物品和

一時衝動的占有最容易過期，

所以請在期限內使用或欣賞。

二十歲之後，
時間就開始加速

轉眼間還有兩個月又要過年了。

時間真是過得太快，以前有人跟我說二十歲以後覺得自己什麼都沒準備好，就已經到三十歲了，像是被安裝了加速器一樣。

當時我還沒什麼感覺，現在想想還真的是。我完全不知道二十歲到現在中間這幾年是怎麼過來的。

記得小時候在奶奶家過秋天時養成了一個習慣，一遇到多雲有風的天氣便搬個小板凳坐在老房子的天井裡抬頭看天。

看著雲在青空中舒捲自如，沒有風的時候它沉凝

欲墜，有風的時候又像木牛流馬，一刻不停地在趕路。

就這樣抬頭望天，我就能望整整一個下午。直到天空變成了小學課本裡說的「夕陽給雲朵鑲了金邊」，才肯拖著小板凳回家。

現在這個習慣還留著，只不過天不再是小時候那麼藍，頸椎也禁不住昂頭一下午了。

所幸這幾天秋高氣爽，天空偶然間乾淨得令人心醉，吃完飯小憩可以和萱萱一起抬頭看天了。

看了一會她開始感嘆：「唉，又要去工作了，怎麼感覺越長大時間過得越快呢？」

這晴空真是越看越捨不得。

▪ ▪ ▪

是啊，好像過了某個特定的年齡，時間這個計量單位就像是坐上了雲霄飛車一樣向前衝。

二〇二〇年明明才剛開始，轉眼間已經過了四分之三。

這種感覺太不可思議了，記得上半年簽日期還經常錯寫成二〇一九年，好不容易改了習慣寫成二〇二〇年，二〇二一年卻又要到了，我改習慣的速度竟然遠遠趕不上時間的腳步。

明明一天都是二十四小時，一分一秒都不會有誤

差。

為什麼二十歲之前的時光感覺冗長又難熬，度日如年，過了二十歲，日子就像是打開了兩倍速的電影，變得飛速消逝呢？

比起格林威治標準時間，我們自己的「內部時鐘」或許才是更合理的時間度量單位。

從出生到上學前，日子是一天一天過，每天都想著玩不重複的東西，一年拆成了三百六十五天，時間就好像用不完一樣。

入學了，日子被拆成了七天：週一到週五不斷重複，每週就盼著過週末；再後來，日子被分為一個學期，聽著就開始心慌，一個學期過了好像什麼都沒學到一樣。

畢業後工作，日子已經開始用年計算了，到了做年終總結的時候才覺得驚訝：「我記得才剛做過去年的總結啊。」

十歲到二十歲的這十年，是如假包換的十年，但二十歲到三十歲的這十年，卻讓人感覺縮減了很多時間。

於是跑去查資料，甚至想搞懂「相對論」，來證明

長大後的時間是不是越跑越快，抑或僅僅是我們的錯覺。

心理學家說：「人在吸取許多新資訊時，會覺得時間變慢。反之，人在休閒無聊時，時間會變快。」

也就是說，「時間」和你接收了多少資訊有關——新資訊能夠延長時間。

■ ■ ■

孩提時代的早上九點到下午三點半就像成人的二十個小時。

小時候萬千世界對我們來說都是新奇的，每天經歷很多新事物，時間過得慢，但是隨著年齡增長，經歷的新事物變少，資訊延長時間的效果就會變弱。

在「日復一日，年復一年」的無聊中，時間就越來越快。

這樣想來，那些看起來像心靈雞湯一樣「好聽且無用」的話，比如「打破常規、確保生活充滿新鮮感；去新的地方旅行，花更多時間感受當下」……也許並不像表面那樣華而不實。

不停地創造激動人心的回憶，在人生中樹立無數的里程碑：小到讀一本新的小說，聽新的音樂，養一種難以成活的植物；大到下決心去讀一個博士學位，

在陌生的城市工作三年，寫一本書，都可以延長我們的感知時間。

總之，多經歷，時間便可以像小時候那樣又漸漸慢下來。

但即便是知道了這些大道理、小知識，有時候卻也無法一一實踐。

不過，這種越長大時間過得越快的感覺也沒什麼不好的。過快了，便珍惜當下；過慢了，就更要認真體會。

為什麼二十歲之前的時光

感覺冗長又難熬，

度日如年，

過了二十歲，

日子就像是打開了兩倍速的電影，

變得飛速消逝呢？

無人與我立黃昏

　　如果有人傳晚霞的照片給你，不要回覆「好看」，你要說「我也想你了」。

　　回家的路上，我在一個短片裡看到了這段內容。

　　影片裡的畫面是很美的黃昏，太陽躲在群山的剪影裡，橘色的晚霞在聚集，被風送往遠方。

　　於是，我的腦海裡出現無數個這樣的傍晚。

　　我很喜歡看黃昏。晚風帶著暖意撲在臂膀的汗毛上，一抬頭，晚霞倒映在眼眶裡，接著心被溫柔的裹在其中，變得蓬鬆、柔軟……

　　很多人喜歡日出，覺得那初生的太陽象徵著希

望，我卻對黃昏情有獨鍾，覺得它是一種很療癒的存在。

不同於春花、秋葉或者冬雪這些轉瞬即逝的景物，四季裡的任何一天，你都可以對日落懷有期待。只要天色尚可，就可以在城市中的任何一個角落，等一場日落黃昏。

從斜陽晚照開始，一直到天邊僅剩最後一縷餘光。在如同電影般的時長裡，盡可以坐在一處，靜靜地、慢慢地看夕陽明滅。

最喜歡夏天的雨後黃昏，漫步在林蔭下的小路上，感受著溫柔的風從臉頰拂過，眺望夕陽染紅天邊的雲朵。

手機裡播放著喜歡的音樂，一天的煩惱就這樣蕩然無存，整個人輕盈得想要踮起腳尖。

■ ■ ■

小時候，我在鄉下住過一段時間。

每日黃昏時分，我總喜歡騎著自行車繞村子一圈。

騎車在黃昏中穿行是一件很愜意又很詩意的事。穿過矮矮的房屋，眼前是一大片開闊的農田。整片天空的黃昏，好像都是我一個人的。

天氣雖然炎熱，但向前的衝力會劃出一條清涼的

溪流，供人在其間悠遊。

路過茂盛的樹林，聲聲蟬鳴能讓人體會到一種深淵般的靜寂。

綿長的霞光折射著薔薇色的光芒，我從村子這頭騎到那頭，接受對白日時光那浪漫而熱情的告別。

晚些時候，月亮在樹影中穿梭，而我在陸地上穿行。星星會一路跟著我回家，最後枕在屋簷上眨眼睛……

■ ■ ■

如今回想起來，記憶裡的快樂童年，似乎都帶著黃昏的明亮顏色。

長大以後，我很少擁有一整片黃昏，不過我想了一個辦法，就是讓黃昏住進我家。

剛畢業時，我租住在一棟舊房子裡。房間很小，但窗戶朝西，每天黃昏時分，我就會玩一場日光追逐遊戲。

落日的光線在房間裡遊走，先是在窗簾上泛起紅暈，然後在牆面上留下斑駁光影，最後一點點消退在門縫中……

我靜靜地看著，好似見證一場絢麗的落幕儀式，宣告著一天的結束。

電影《愛在日落巴黎時》有一句臺詞：「年輕的時候，你以為你會和許多人心靈相通，但是後來你發現，這樣的事情，一輩子只會發生那麼幾次。」

多年前第一次看這部電影，並不能理解其中的內涵。

直到後來我遇見他，看見了最美的一場黃昏，才明白一期一會的意義。

大三那年，我和當時的男朋友一起去旅遊，住在海邊的一家民宿裡，在距離那家民宿不遠的地方，有一間小茶館，名叫「一茶」。

一茶門前有片海，岸邊漁船一字排開，漁民結網而居，隨潮起潮落，進出漁港內外。黃昏時落日在西邊沉落，這個位置可以看到最美的夕陽。

那天下午，我們騎著單車，路過一茶，決定進去坐一會兒。

店裡沒什麼人，背景音樂很輕聲的放著。我們找了一個靠近門口的桌子坐下來，視線正好可以看見外面的海。

那時的我很喜歡他，落日的餘暉照進他黑色的眼眸裡，閃爍著點點星光。就像那天的夕陽一樣，帶著一抹明媚的溫柔，一點也不刺眼。

當時的我，單純地以為自己會和他在以後看很多次黃昏，心裡對未來充滿美好的期待，卻沒有想到那是我們唯一一次認真看黃昏。

■ ■ ■

　　回來後不久，我們便分手了。

　　兩年後我又去了一次，一個人來到一茶所在的地方，卻發現茶館已經不復存在。聽附近的漁民說，因為漁港清淤，很多小店都關掉了。

　　依然是黃昏下的沙坡尾，我沿著斜坡一路走著，看到旁邊牆壁上的豐子愷的畫。

　　「人散後，一彎新月如鉤。」兩行小字已經被竹椅的椅背磨得模糊了。

　　盛夏時節，三角梅爬滿了牆角，野野地開著。

　　遠處海邊，一輪紅日正緩緩落入海裡。

　　我突然覺得有點難過，想起小王子說過的，人悲傷的時候，就喜歡看日落。

　　那麼到底是人在悲傷的時候喜歡看日落，還是看日落讓人悲傷呢，我說不清楚。但我知道曾在一天看四十四次日落的小王子，他當時應該很難過吧。

　　不過這並不是最讓人難過的，最難過的是，有時

候你想把看到的很美的黃昏分享給另一個人，卻發現一切都是那麼不合時宜。於是默默關掉對話視窗，一個人安靜地看著天邊。

日落時分，世間的一切都行色匆匆，轉瞬即逝。就像時間，從來沒等過誰，無論你怎麼躲藏，都逃不掉。

記得《悟空傳》裡，今何在寫到悟空喜歡在黃昏時望向晚霞。

餘暉穿透雲朵，紫霞漫天。

很美嗎？美。想念那個人嗎？好想好想。

曉看天色暮看雲，無人與我立黃昏。

行也思君，坐也思君。

有時候你想把看到的很美的黃昏

分享給另一個人，

卻發現一切都是那麼不合時宜。

於是默默關掉對話視窗，

一個人安靜地看著天邊。

早晨邊聽歌邊做早餐是我一天中最浪漫的時刻。

今早起床，我哼著歌為自己做了一份配料豐富的三明治。

看著那好幾公分厚的配料和絢麗的顏色，再配上一杯森林莓果麥片，我彷彿擁有了無與倫比的幸福感。

一個認真做飯給自己吃的人一定值得去愛。

想到這，我忍不住拍了張早餐的照片傳給男朋友。

瞧，你的女孩多棒。

前幾天在粉絲群組裡看到幾個女生在分享自己做的食物的照片，然後有人做了結論說，這個星球上最

美好的事就是「吃」。

你看，一個小小的哈密瓜，還能玩出可愛的花樣，誰看了都會喜歡。

就連一頓簡單的麵條，也做得極其豐富。

沾上美味的醬料，添上就快流油的蛋，再配上幾顆草莓……能夠這樣精心準備晚飯的人一定很熱愛生活。

■■■

其實我自己也很享受與食物打交道的日子。

去菜市場和熱情的攤販閒話家常，在網路上買各式各樣好看的餐具，每週更換飯桌上的鮮花……甚至是感受砧板上「啪嗒啪嗒」的律動，聽見油鍋「滋啦」的聲音，一個人享受烘焙帶來的平靜心情，這些都讓我覺得很幸福。

所謂一人食，大概就是這樣吧。

就算廚藝笨拙，工具簡單，我也不願意敷衍自己。

每次踏進菜市場，再糟糕的心情也會立刻好起來。

在各個攤位間穿來穿去，聽這個攤販吆喝自家新鮮的菜品，看那邊攤販熟練地挑揀、秤重……

人聲鼎沸的菜市場，竟然撫慰著我心裡最敏感的地方。

五顏六色的食物彷彿在告訴我：「放輕鬆啊，就算只是看一下我也好。」

　　去逛菜市場，去看我喜歡的食物原本的樣子，去看生活熱熱鬧鬧的模樣，然後雙手拎著滿滿當當的幾袋東西回家。一個人的生活也可以很充實。

　　買一束花，挑上最喜歡的那枝，插在最近才喝完的酒瓶裡，然後將剩下的花束做成乾燥花。

　　也許，日子就像被我放在帆布包裡的鮮花。有的平淡至風乾，有的便像酒瓶裡的那枝，豔麗過一陣子。

　　那些悄悄垂敗下去的日子，組成了生活。

　　即使是令人煩躁的暴雨天，背著鮮花走在路上便能收穫一份好心情。

　　吃飯的時候，有花陪伴，再平淡的日子也能被點綴出色彩。

■ ■ ■

　　記得剛學做飯的時候，向媽媽請教。她在電話裡說：「做飯不難，就是怕你嫌備料麻煩。」

　　事實上，我倒沒有覺得備料麻煩過。

　　將食材洗淨，然後一一放置在砧板上，左手按著食材，右手握著刀把俐落地切下，聽著「嚓嚓嚓」的聲音，就覺得很舒服。原本困擾著我的煩心事在一瞬間

消失不見，彷彿全世界只剩下一件事：專心地做一頓飯。

想起兒時搬個小板凳坐在媽媽身邊，聽她的話語聲與案板上的切菜聲交錯。

有時厭惡自己成為大人，認為自己失去了最純粹的快樂。更多的時候，我發覺好像成為大人也沒那麼糟糕。

下次切菜的時候希望媽媽可以在身旁，聽她嘮叨家常。

終於要下鍋了。看著蔥、蒜、辣椒在油鍋裡跳舞，劈哩啪啦的，像是為生活伴奏。

等待食物熟透的心情就像是期待一件事的完成。

《飲食男女》裡的朱老爺子說：「人生不能像做菜，把所有菜準備好了才下鍋。」

我也時常為此感到遺憾。可是轉念一想，人生就像做菜。有時候可以達到預期的味道，有時候可能差了那麼一點點，有時候卻又能超出預期。

有滋有味、有期待、有缺憾、有彌補才是人生。

即使是品質不太好的草莓，熬成草莓醬也能變得很可口。

　　有人說，人生往往平凡如一碗白飯般令人覺得乏味。但只要在上面加一點點料，便足夠此生回味。

　　對待吃飯的態度其實就像是對待人生的態度，或精緻，或粗糙。有的人為了趕時間而點一份外送，用「解決」這個詞來對待吃飯；有的人做一頓深夜泡麵，什麼豐富的料都想加進去。

　　據說，吃頓好的，人生觀都會改變。

　　同樣，認真為自己做一頓好的，生活也會變得不一樣。

　　「要對自己好一點」的道理已經被說爛了。

　　我也厭倦了這樣的說法。

　　工作上的不如意，人際交往中的碰壁，甚至是狂奔後錯過的最後一班車……灰心喪氣的時候，「要對自己好一點」並不能給我多大慰藉，倒不如對自己說「好好吃飯」。

　　好好吃飯，才能好好生活。

　　煎蘑菇的時機需要恰到好處才能收穫鮮美的嫩汁，很多事情也需要一點時機才能峰迴路轉。

　　《小森林》裡有句臺詞：「事已至此，先吃飯吧。」

　　而我更喜歡說，時已至此，先吃飯吧。

開心的時候要大飽口福，不開心的時候也要用食物溫暖自己。胃裡滿滿的，心也會跟著變熱。那些一人食的日子不過是在治癒孤獨，培養著給予自己幸福的能力。